PRIX : 50 CENTIMES — LIBRAIRIE DE MICHEL LÉVY FRÈRES, RUE VIVIENNE, 2 BIS — PRIX : 50 CENTIMES

VOILA LA CHOSE!

REVUE DE L'ANNÉE 1862, EN TROIS ACTES ET VINGT TABLEAUX

PAR

MM. ERNEST BLUM & ALEXANDRE FLAN

PRÉCÉDÉE DE

LE PAYS DES JOURNAUX

PROLOGUE EN TROIS PARTIES

Musique de M. A. D. Duvivier, décors de M. E. Fromon; costumes dessinés par M. Cornillet et exécutés par M. Happel et Mme Alexandrine

REPRÉSENTÉE POUR LA PREMIÈRE FOIS, A PARIS, SUR LE THÉATRE DES DÉLASSEMENTS-COMIQUES, LE 24 DÉCEMBRE 1862

DISTRIBUTION DE LA PIÈCE

LE PUNCH	MM.	Montrouge.
TIMES / GUILLAUME TELL / LE LUSTRE		Oscar.
BATAILLARD / POPINCOURT / OTHELLO		Couder.
MARCHAND DE JOURNAUX / LE LAMPION / LE JUIF ERRANT		Mérigot.
ANNIBAL / GUGUSTE / DESDEMONE		Grivot.
LE BURALISTE		Gotti fils.
CONSTITUTIONNEL / YAGO		Mercier.
LE QUINQUET		Prat.
MARCEL / BIEN AISÉ		Montel.
CASIMIR / CADET-ROUSSEL / RODRIGO		Godin.
MAURICE	MM.	Rougemont.
GESSLER		Vernier.
CHEF DES CROUPIERS / JOHN		Duhamel.
GERMAIN		Antony.
CHARIVARI	Mmes	E. Laurent.
PARIS / DAME DE L'HOTEL		Anna.
GAZETTE DE FRANCE / ERNESTINE		V. Agar.
MARSEILLE / BOUGIE ROSE		Jeanne.
LA FRANCE / GENEVOISE / CHATEAU DE PONTALEC		M. Paurelle.
LA PRESSE / MIDI		Delorme.
MARGUERITE		Montesse.
LE SQUARE		Legris.
ROSCHEN / ETRANGLEURS DE L'INDE		M. Fevre.
LA FLEURISTE		Bellanger.
POPOL	Mmes	Bellanger.
LA FONTAINE / L'ALLUMETTE		Cornelie.
MEDITERRANEE / LE RAT DE CAVE		Billy.
TOTO / LAMPE MODÉRATEUR		Gall.
TINTAMARRE / KATTY		Comte.
FIGARO / BERNETTE / EMILIA		Ferentie.
LES IVRESSES		Guéroult.
ECHO DE LA PRESSE		Bouchardat
NANA		Fernande.
DIOGENE / CANDELABRE		Janin.
LA VEILLEUSE		Dudoit.
ZADINE		Raymonde.
MORNING CHRONICLE		Aline.
LE TEMPS / LA LANTERNE VENITIENNE		Dorient.

S'adresser, pour la musique, à M. Morand, 47, rue Bourbon-Villeneuve.

PROLOGUE

PREMIER TABLEAU

La façade du palais de l'exposition à Londres. — Face au public, une boutique de marchand de journaux.

SCÈNE PREMIÈRE

LE MARCHAND DE JOURNAUX, CHINOIS, RUSSES, FRANÇAIS, ESPAGNOLS, ALLEMANDS.

CHOEUR.

Air : *de Duvivier.*

L'Angleterre, pour des combats
Non sans gloire, mais calmes,
A préparé des palmes
Et vient à tous d'ouvrir ses bras

(Les groupes de personnages entrent à l'exposition.)

SCÈNE II

LE MARCHAND, LA FLEURISTE.

LE MARCHAND. Demandez, les journaux parisiens... *la Presse, le Constitutionnel, le Charivari.*

LA FLEURISTE, entrant. Eh bien ?... ça marche-t-il le commerce?

LE MARCHAND. Pas trop. Fichue idée que j'ai eue de venir vendre les journaux français à la porte de l'exposition de Londres.

LA FLEURISTE. C'est comme moi des fleurs, ça manque de soleil, ici...

LE MARCHAND. Et il n'y pousse que des biftecks.

LA FLEURISTE. Sans cresson.

LE MARCHAND. Comprenez-vous ces journalistes français qui mettent chacun en tête de leur feuille : La *Presse*, ou l'*Opinion*, ou le *Charivari* se vendra à la porte du Palais de Kesington pendant la durée de l'exposition... Je me fie à ça, je m'expatrie... Va-t'en voir si je vends; obligé d'ajouter à ma collection nationale... le *Times*, le *Punch* et le *Morning Chronique*, et encore ça ne bat que d'une aile comme leur exposition.

LA FLEURISTE. Ce qui ne l'empêche pas d'attirer un monde fou?

LE MARCHAND. Je crois bien, on en arrive à ne plus savoir où se loger.

AIR : *Château du diable.*

Je le dis
A grands cris,
Dans Londres tout est pris :
Les coins les plus petits,
Oui, tout est pris,
Pris à tout prix.

Dans les hôtels, à tort,
On s'imagine
Qu'on peut encor
Se loger à prix d'or;
Un hidalgo couche dans la cuisine,
Un gros boyard dort
Dans un corridor ;
J'ai vu, c'est surprenant,
Un banquier allemand
Ayant en vain cherché,
Dormir sur un arbre perché.
Pendant la nuit qu'à ronfler l'on consacre,
Beaucoup de gens,
Faute de logements,
Prennent à l'heure un cab ou bien un fiacre,
Baissent le store et sommeillent dedans.
Hier un étranger,
Ne pouvant se loger,
A trouvé fort malin
D'élire domicile au bain.
Vous en doutez, mais le fait est notoire.
Je rends hommage à ce moyen nouveau :
Faute de lit coucher dans sa baignoire,
C'est être heureux comme un poisson dans l'eau.

Je le dis
A grands cris,
Etc.

Sans compter les gens qui sont forcés de coucher à la belle étoile.

LA FLEURISTE. Bah! c'est comme s'ils étaient chez eux... grâce au brouillard.

LE MARCHAND. Oh! oui, le brouillard, nous n'y pensions pas à ce gueux de brouillard, ma bête noire.

LA FLEURISTE. Dites donc... vous n'avez guère à vous plaindre vous; chaque fois qu'il arrive, je vous vois vous arranger pour dormir.

LE MARCHAND. Oui, c'est mon moyen de ne pas le voir; aussi, je dors vingt-trois heures par jour.

LA FLEURISTE. C'est gentil, mais ça vous donne un sommeil agité. Hier encore, je vous regardais, vous étendiez le bras, vous remuiez les jambes comme si quelque chose vous démangeait.

LE MARCHAND. C'est que je vas vous dire : pour sûr, je deviens idiot dans ce pays-ci... J'ai des rêves... il me semble que chaque fois que je m'endors, mes journaux qui sont là s'animent et se mettent à chuchoter.

LA FLEURISTE. Ah! bon! de la fantasmagorie à présent.

LE MARCHAND. C'est le spleen qui m'empoigne... gueux de pays... Ah ben! on m'y reprendra à venir passer une saison à l'exposition de Londres.

LA FLEURISTE, qui a remonté, redescendant. Tenez... voilà votre sommeil qui arrive.

LE MARCHAND. Le brouillard.

LA FLEURISTE. Lui-même. Il chasse les promeneurs des rues... bien le bonsoir. Je vas aller faire comme eux. Je n'aime pas l'obscurité moi. (Elle se sauve.)

SCÈNE III

LE MARCHAND, LES VISITEURS.

CHŒUR.

AIR : *de Duvivier.*

Le brouillard s'étend sur la ville
Ainsi qu'un épais crêpe noir;
Retirons-nous d'un pas agile ;
Bonsoir (4 *fois*).

(Ils sortent en courant.)

SCÈNE IV

LE MARCHAND, seul. Musique. Marchand d'journaux... demandez la *Presse* le *Constitutionnel* le *Times*... Ah! bien ouiche... plus personne! et ce farceur de brouillard qui augmente... Tant pis! je vos sacrifier à M. Morphée... mon cache-nez... mon gueux. (Il s'enveloppe.) Et maintenant le brouillard peut rester tant qu'il voudra... Je suis sorti... hum!... pourvu que mes polissons de journaux ne se remettent pas à parler... Imbécile... qui me figure... c'est le brouillard... c'est toujours lui... ah! que je suis donc fâché d'être venu en Albion (S'endormant.) Chand de journaux. (Il s'endort. Rideau de nuages.)

DEUXIÈME TABLEAU

Un rideau de nuages monte. Quand il se relève, il laisse voir l'intérieur de la boutique d'un marchand de journaux.

SCÈNE PREMIÈRE

LE CHARIVARI, LA FRANCE, LE TEMPS, L'ÉCHO DE LA PRESSE, LE TINTAMARRE, LE FIGARO, LE DIOGÈNE; au changement tous les journaux sont assis les uns sur des chaises, les autres sur des canapés et dorment. Le Charivari est à l'avant-scène, endormi à cheval sur une chaise. — Musique. On entend sonner une heure. Le Charivari se détire.

AIR : *de Duvivier.*

La nuit tout le monde repose,
C'est l'heure où nous nous éveillons.
(Se levant.)
Allons, confrères! allons,
Au dehors la nuit est close
Bavardons, bavardons.
(Les autres journaux se réveillent.)

LA FRANCE.

Qui demande la France?
Me voilà. . c'est trois sous...

LE CHARIVARI.

Personne... éveillez-vous,
C'est l'heure de l'existence;
Allons, le Figaro! le Temps, éveillez-vous,
Eveille-toi, gai Tintamarre,
Eveille-toi journal nouveau
Qui de la presse fais l'écho,
Diogène, debout! le moment est trop rare,
Où nous pouvons parler tout notre soûl,
Journaux, mes confrères, debout,

Bavardons, je vous prie,
Caquetons entre nous;
La nuit est notre vie,
Exister est si doux!

REPRISE ENSEMBLE.

Bavardons, etc.

LE FIGARO. Tu es donc sûr que notre geôlier... le marchand est endormi.

LE CHARIVARI. Il doit l'être... foi de Charivari, journal comique et satirique. J'ai entendu sonner l'heure... voyons, qui raconte quelque chose?... J'ai soif de parler et d'entendre parler. La France, sais-tu du nouveau?

LA FRANCE. J'en sais... mais je n'en dirai pas...

LE CHARIVARI. Bon. Toujours ton même système : avoir l'air d'être bien informé et ne rien dire... et tu crois que c'est ainsi que tu cueilleras des abonnés?

LA FRANCE. Certainement. On attend toujours le numéro suivant pour avoir des révélations, et de numéro en numéro...

LE CHARIVARI. On va jusqu'au renouvellement; pas bête... et toi le Temps?

LE TEMPS. Moi... je ne sais que discuter... Dis-moi la plus petite histoire et je te prouverai qu'elle est fausse; mais...

LE CHARIVARI. Mais il faut que je te la dise, et j'aime mieux .. l'entendre.

L'ÉCHO faisant l'écho. L'entendre.

LE CHARIVARI. Ah! bon, voilà l'Echo de la Presse qui fait des siennes... Tu passeras donc ta vie à répéter tout ce que les autres disent, toi?

L'ÉCHO. Toi...

LE CHARIVARI. En voilà un journal utile.

L'ÉCHO. Utile!

LE CHARIVARI. Aux petits confrères, alors... Tintamarre, tu as la parole.

LE TINTAMARRE. Je la refuse! il vaut mieux s'envelopper de silence que de poil à gratter.

LE CHARIVARI. Je ne l'aurais pas nommé, qu'on l'aurait reconnu, rien qu'à cet aphorisme. Diogène, veux-tu parler?

DIOGÈNE. Impossible... j'ai juré de n'être bavard que quand j'aurai enfin rencontré un homme.

LE CHARIVARI. Qui s'abonne.

DIOGÈNE. Méchant.

LE CHARIVARI. Moi, si l'on peut dire! parle pour celui-ci. Le Figaro, le barbier du boulevard Montmartre.

LE FIGARO. Un raseur, alors.

LE CHARIVARI. Non, j'ai dit un barbier.

LE FIGARO. Barbier ou raseur, c'est la même chose, c'est donc une querelle que tu me cherches.

LE CHARIVARI. Là! l'entendez-vous...?

FIGARO. Charivari.

LE CHARIVARI. Eh bien quoi!... Je te dis une petite vérité en passant. C'est mon droit... Je suis plus vieux que toi d'abord, et si cela ne paraît pas trop, c'est que les principes conservent, et voilà, tout; en attendant, personne ne dit mot.

LA FRANCE. Mais il me semble que tu bavardes assez toi-même.

LE CHARIVARI. C'est pour encourager les autres. C'est du nouveau que je voudrais... des détails sur Londres, car enfin, puisque nous sommes en Angleterre, c'est bien le moins que nous nous occupions un peu de cette patrie du brouillard.

LE FIGARO. Si c'est cela que tu demandes, rien n'est plus facile, tu as d'abord ton camarade le Punch qui, en sa qualité d'habitant...

LE CHARIVARI. Oui, mais avec celui la nous causons d'autre chose.

LE DIOGÈNE. Je crois bien, toutes les nuits vous courez la prétentaine ensemble.

LE CHARIVARI. Bah.

LE FIGARO. Et puis le Times, le Morning-Chronicle qui sont nos voisins depuis quelques jours.

LE CHARIVARI. Bah!

LE TINTAMARRE. Mais oui, ils sont là. (Il désigne la porte à droite.) Je les ai entendus ronfler toute la journée.

LE CHARIVARI. Vite, éveillons-les... (A la porte.) Ohé, Times, Morning-Chronicle... un exemplaire pour neuf!

LE TIMES, en dehors. Boum!...

SCÈNE II

LES MÊMES, LE TIMES LE MORNING-CHRONICLE.

AIR : *les Lanciers.*

Vite, à votre appel
Nous venons, very well ;
Good night, ho do you do,
Comment vous portez-vous ?
L'hospitalité,
Ce devoir si vanté,
Pour nous change en plaisirs
Vos plus petits désirs.

REPRISE ENSEMBLE.

Vite, à notre / votre appel
Nous venons / Vous venez very well.

LE TIMES. Bonsoir petits confrères français... bonsoir, vous êtes venus voir Londres, la merveilleuse Londres... Londres la belle! Et vous êtes dans l'enchantement... je comprends cela ; moi qui y suis né, qui l'habite, je ne cesse de l'admirer. Oh! Londres, L'Angleterre, la Tamise !

LE CHARIVARI. Hum! la Tamise!

LE TIMES. Eh bien, quoi... oui, la Tamise, un fleuve qui a eu des malheurs ! Il ne sent pas la rose, mais c'est encore une des beautés de Londres. c'est le seul fleuve au monde qui ait une odeur à lui! et ses navires... ses quais, ses ponts!

LE FIGARO, au Charivari. En voilà un qui te dit quelque chose de nouveau au moins.

LE CHARIVARI. Oui, il est de fait.

LE TIMES. Que dites-vous de notre exposition?

LE CHARIVARI. Dame, entre nous...

LE TIMES. Splendide n'est-ce pas? admirable, des inventions charmantes, des tableaux de grands maîtres! des richesses orientales! il n'y a qu'à Londres où l'on peut voir cela. O l'Angleterre! l'Angleterre!

LE CHARIVARI. Sapristi est-ce qu'il va nous chanter le *Rule Britannnia* ?

LE TIMES. Mais vous m'avez appelé, petits confrères français, sans doute pour réclamer de moi que je vous conduise dans les rues de Londres, que je vous fasse admirer ses splendeurs?

LA FRANCE. Tiens, au fait, je ne serais pas fâchée de courir un peu, moi.

LE TIMES. Je suis à vos ordres! J'aime assez voir l'enthousiasme des étrangers... mais avant, permettez-moi une simple question... est-ce que vous causez politique?

LE CHARIVARI. Quelquefois.

LE TIMES. Bah! vous y entendez donc quelque chose?

LE CHARIVARI, peu de chose, c'est vrai. Mais enfin, à force de travailler les questions.

LE TIMES. Ah bah! voyons donc un peu : qu'est-ce que vous pensez des affaires de Grèce?

LE CHARIVARI. Dame! si vous voulez notre opinion...

LE TIMES. Attendez, je vais vous dire la mienne d'abord : nous sommes indépendants, voici mon avis. Les événements grecs :

LE FIGARO, l'interrompant. Sapristi! silence! je ne suis que littéraire, moi. Et encore!

LE TIMES. Qu'est-ce que ça fait. Je vous disais donc que les événements grecs...

LE PUNCH, en dehors. Merci, je connais le chemin!

LE TIMES. Ah! voilà le Punch, mon fils! la gloire de la Grande-Bretagne quel esprit, quels desseins, quelle verve! il n'y a qu'à Londres où on trouve des journaux comme celui-là! Par ici, mon fils, va ici.

LA FRANCE, au Charivari. Ils aiment bien leur pays ici.

LE CHARIVARI. Il ne faut pas le leur reprocher, c'est leur principale vertu.

LE TIMES, annonçant. Le Punch... petits confrères... chapeau bas devant lui.

SCÈNE III

LES MÊMES, LE PUNCH.

LE PUNCH.

AIR :

Place au Punch! journal critique
Que n'arrête aucun calcul,
Dont la verve satirique
Venge tous les jours John Bull.
J'amuse le peuple anglais
Avec mes portraits trop vrais,
Et je fais même enrager
Plus d'un notable étranger.
Ma critique souveraine
Frappe partout et sur tous.
Je n'épargne que la reine,
Quant au reste, gare à vous!
Je me ris des grands journaux
Je leur tape sur le dos
Je me ris des riflemen,
Ils ont par trop d'abdomen.
Je me moque du lord-maire.
Du constable et du sherif,
Aux perruques d'Angleterre
Je livre un combat très-vif
Je plaisante le nabab
Comme le cocher de cab.
Du sportsman ou du cockney
Je crayonne le portrait
Nos gros milords, je les berne;
Nos ladies également
Et je grise à la taverne
Les membres du parlement.
Je fais la guerre aux vieux us...
Je les blague tant et plus;
Bref, je suis l'enfant gâté
De la vieille liberté.

REPRISE.

Place au Punch, etc.

LE PUNCH. Bonsoir papa Times... Bonjour Morning-Chronicle... Bonjour tout le monde.

LE TIMES avec bonté. D'où viens-tu crapaud

LE PUNCH. De la chambre des communes où j'ai fait le portrait de lord Bouledogueson, pendant qu'il prend du tabac et qu'il éternue avec majesté.

LE TIMES riant. Gamin, toujours en train de rire de ses concitoyens

LE PUNCH. Dam! papa, si mes concitoyens sont risibles.

LE TIMES. Ah! quel esprit, il n'y a qu'à Londres, il n'y a qu'à Londres qu'on voit ça. (Regardant.) Mais l'heure s'avance il nous faut beaucoup de temps pour visiter les merveilles de la ville... Petits confrères, mettons-nous en route.

LA FRANCE. Nous sommes prêts.

LE FIGARO, au Charivari. Viens-tu avec nous?

LE CHARIVARI. Non.

LE FIGARO. Très-bien... Tu veux aller avec le Punch?

LE CHARIVARI. Par habitude.

LE TIMES. Allons, petits confrères! et apprêtez vos enthousiasmes, vous allez voir la plus belle ville du monde.

LE CHARIVARI. En venant par les Indes.

LE TIMES. Et dans le trajet, pour vous reposer, je vous offrirai quelques rafraîchissements... vous verrez les consommations de Londres... Allons, en route.

TOUS. En route.

LE TIMES.

AIR *des Riflemen.*

Oui, je peux vous offrir un lunch
Avec un punch,
Un punch avec un thé
Qui sera fort goûté!
Et de peur qu'on critique et qu'on ne dise : ah! ouich
Je vous promets un plum-pudding et des sandwich.

TOUS.

Vous voulez nous offrir un lunch.
Etc, etc.

SCÈNE IV

LE CHARIVARI, LE PUNCH.

LE PUNCH. Nous aussi, Charivari, nous allons folichonner... Comme d'ordinaire... je me sens en train ce soir. Vive la noce! comme vous dites, vous autres Français.

LE CHARIVARI. Sais-tu que tu es très-obligeant... pour un Anglais.

LE PUNCH. Je suis si près de l'Écosse... Et en Écosse on est hospitalier par vocation.

LE CHARIVARI. Quand me donneras-tu l'occasion de te rendre à Paris cette hospitalité?

LE PUNCH. Oh! Paris, une petite ville.

LE CHARIVARI. Comment une petite ville?

LE PUNCH. Dame... d'après ce que papa Times en dit, il paraît que c'est grand comme Regent-Street et peuplé comme une patrouille.

LE CHARIVARI. Papa Times n'est pas toujours bien informé, tu sais.

LE PUNCH. Et qu'on s'y ennuie... oh! à trois livres par tête!

LE CHARIVARI. Bah!

LE PUNCH. Un de mes compatriotes est allé vous voir, il en est revenu avec un spleen si fort qu'on a été forcé de le pendre pour le guérir.

LE CHARIVARI. Tu ne lis donc pas nos journaux?

LE PUNCH. Ma foi non...

LE CHARIVARI. Si tu les lisais, tu verrais qu'on s'y amuse presque autant qu'à Londres. Et tiens, j'ai justement dans mon numéro d'aujourd'hui le compte rendu de la semaine; tu vas voir si tout cela est fait pour donner le spleen.

LE PUNCH. Voyons.

LE CHARIVARI.

AIR de *Duvivier.*

Hier, dans les Champs-Élysées,
Deux cochères se promenant
Leur voiture se sont croisées :
Patatras!... Les voilà tombant!...
Vite accourt la foule maline,
Pour voir l'accident tout au long...
Ces dames, avec leur crinoline,
Avaient-elles un pantalon?

PUNCH.

That is the question!
La chose est comique, et oui-dà!
J'aurais voulu voir ça.

ENSEMBLE.

Paris est fertile
En événements
Dans la grande ville
Quel loisirs charmants!

LE CHARIVARI.

Au Casino-Cadet, deux dames,
Apercevant un étranger,
Jetaient, hier soir, feux et flammes
A qui l'aurait pour le gruger,
C'était un fils de l'Amérique
Les deux rivales, se dit-on,
Pour plaire à ce transatlantique
Brûleront-elles leur coton?

PUNCH.

That is the question
La chose est comique, et oui dà,
J'aurais voulu voir ça...

ENSEMBLE.

Paris est fertile.
Etc.

CHARIVARI.

Concerts, promenades, théâtres,
Bals, restaurants, et cætera...
De tous cotés plaisirs folâtres
Des délass'ments à l'Opéra;
Et puis, le carnaval, qui sème
La gaîté pour une saison
Peut-on, avec un tel système
Ne pas s'amuser tout de bon?

PUNCH.

Ça n' fait pas question...
La chose est comique, et oui-dà...
Je voudrais bien voir ça...

ENSEMBLE.

Paris est fertile
En délassements
Dans la grande ville
Quels loisirs charmants!

LE PUNCH. Charivari? je vais aller à Paris avec toi. Je veux voir tout cela de près.

LE CHARIVARI. Viens!

LE PUNCH. Ou est papa Times, que je le prévienne?

SCÈNE V

LES MÊMES, LE TIMES.

LE TIMES entrant. Me voici, il pleut à verse, je suis trempé. Mais quelle pluie que cette pluie anglaise, des diamants, de vrais diamants. (Il éternue.) Et quels rhumes ça donne des rhumes en rubis.

LE PUNCH. Papa, j'ai à vous parler.

LE TIMES. Vas y, mon fils.

LE PUNCH. L'exposition est finie... Je vais aller me reposer à Paris!

LE TIMES, sautant. Qu'entends-je, malheureux! à Paris! Tu veux aller dans ce boui-boui... dans cette banlieue?

LE PUNCH. Mais papa... il paraît que c'est très-gentil et qu'il y a des femmes pas fières du tout.

LE TIMES. Aller voir Paris, quand tu es à Londres; quitter le palais pour le chaume! le perdreau truffé pour la soupe aux choux!... jamais!...

LE PUNCH. Mais...

LE TIMES. Jamais, te dis-je! Moi aussi j'y suis allé à Paris. On m'a échiné... J'étais tombé dans un cabinet de lecture du boulevard Montmartre; j'en suis revenu en lambeaux.

LE PUNCH. Mais maintenant ce n'est plus la même chose.

LE TIMES. Oui, je connais cela, ce n'est plus la même chose... C'est toujours pareil; je te refuse mon autorisation.

LE PUNCH. Papa! huit jours... rien que huit jours... Je prendrai garde aux voitures.

LE TIMES. Jamais! comprends-tu l'anglais? J, a, ja... m. a. y... jamay... Jamais, c'est mon dernier mot! Je vais changer de linge.

LE PUNCH. J'irai tout de même!

LE TIMES. C'est ce que nous verrons!

ENSEMBLE.

AIR :

Ah! c'est trop d'audace!
Quoi! vouloir
M'/L'empêcher d' partir
Je veux, / Il veut, quoi qu'il fasse,
Le faire obéir.
Lui désobéir.

(Le Times sort.)

SCÈNE VI

LE PUNCH, LE CHARIVARI.

LE PUNCH, reconduisant le Times. Oui, j'irai, et sans votre autorisation encore. (Redescendant.) J'ai du caractère, que diable! tous les journaux en ont.

LE CHARIVARI. A la bonne heure.

LE PUNCH. Eh bien, non! je n'en ai pas.

LE CHARIVARI. Comment!

LE PUNCH. Hélas! le Times est mon supérieur, et, en Angleterre, on écoute les anciens... Si je partais sans autorisation, je n'oserais plus me montrer nulle part.

LE CHARIVARI. Alors, n'en parlons plus.

LE PUNCH. Au contraire, parlons-en. Le Times m'adore, tâchons de le fléchir. Charivari, petit Charivari, tu dois avoir des moyens de fléchir les vieux.

LE CHARIVARI. Moi?

LE PUNCH. Invente un moyen. Vois-tu, si je ne vais pas à Paris, je me connais, j'en ferai une maladie de peau.

LE CHARIVARI. Eh bien, cherchons... nous sommes en Angleterre, et les vieux moyens français y sont encore neufs.

LE PUNCH. Certainement.

LE CHARIVARI. Eh bien! (Bruit au dehors.) On vient; allons méditer dans le silence du cabinet.

LE PUNCH. Ah! Charivari... Charivari... que je suis donc content d'avoir fait ta connaissance!

ENSEMBLE.

AIR : *de Duvivier.*

Ayons du génie et du zèle,
Tâchons de trouver, en deux temps,
Un truc, une adroite ficelle
Pour mettre le Times dedans.

(Ils entrent à gauche.)

SCÈNE VII

LE FIGARO, LE TINTAMARRE, LE DIOGÈNE, LA FRANCE, LE TEMPS, L'ÉCHO DE LA PRESSE, LE TIMES, LE MORNING-CHRONICLE.

ENSEMBLE.

AIR : *Il pleut, bergère...*

Voilà, voilà la pluie
Rentrons dans ce local;
Ce temps-là nous ennuie,
Pourtant il est normal...
Noir de charbon de terre,
De brouillards, de vapeurs,
Sur la triste Angleterre
Le ciel verse des pleurs.

(Ils secouent leurs chapeaux, leurs vêtements.)

LE TEMPS. Ah çà! où est donc passé le Times?

LE FIGARO. Oui, il me semble qu'il nous a laissés d'une façon... Mille courriers de Paris! si je savais qu'il se moque de nous...

LE TIMES, rentrant. Me voici, petits confrères français, me voici. (Il éternue.) Ne faites pas attention... c'est un rhume anglais. J'ai couru devant pour me sécher, j'étais métamorphosé en soupe... en vraie soupe... mais cette eau-là ne fait pas de mal : c'est de l'eau de Londres.

LE DIOGÈNE. Ah çà! que faisons-nous?

LE TIMES. Ma foi, puisqu'il est impossible de sortir, restons ici et causons.

LE TINTAMARRE. Il le faut bien.

LE TIMES. Reprenons notre causerie politique, voulez-vous?

FIGARO. Ma foi, non! je m'y oppose. Si vous tenez à politiquer, allez bavarder avec les trois feuilles qui sont dans le grand casier.

LE TIMES. Quelles feuilles?

LA FRANCE. Mais les grands journaux. La Gazette de France, le Constitutionnel et la Presse.

LE TEMPS. Des bégueules qui ne veulent pas frayer avec nous, sous le prétexte que nous sommes nouveaux.

LE TINTAMARRE. Et petits.

LE TIMES. Ils frayeront avec moi. Morning, allez dire à ces trois feuilles que le Times, journal quotidien, quatre-vingts francs par an, réclame d'eux une visite.

LE MORNING. Boum! (Il sort.)

LE TIMES. J'espère qu'ils ne refuseront pas de venir voir le premier journal du monde!

LA FRANCE. Assurément.

LE TEMPS. C'est bien ce que je me dis.

LE MORNING, entrant. La Gazette de France, le Constitutionnel et la Presse.

SCÈNE VIII

LES MÊMES, LA GAZETTE DE FRANCE, LE CONSTITUTIONNEL, LA PRESSE.

ENSEMBLE.

AIR :

Ce sont les grands / Nous sommes les grands — journaux de France.
Nous leur devons / Vous leur devez — un grand accueil;
Quel éclat! quelle expérience!...
Cela se juge d'un coup d'œil.

LE TIMES. Ah! sapristi! les bonnes têtes!

LA PRESSE. Times... c'est avec empressement et circonspection que...

LE TIMES. A qui ai-je l'honneur de parler, milady?

LA PRESSE. A la Presse, monsieur, à l'étonnante Presse.

AIR : *Bouton de rose.*

Je suis la presse,
De cent vingt trois, Montmartre street
A m' vendre le soir je m'empresse
On me trouve de cinq à huit...
Je suis la Presse

ENSEMBLE.

Je suis la Presse,

LE TIMES. Et vous?

LE CONSTITUTIONNEL. Le Constitutionnel.

AIR : *roi d'Yvetot.*

Je suis le Constitutionnel;
Quoique vieux, je me cambre...
Admirez mon air solennel
Dans ma robe de chambre.
On fait sur moi bien des lazzi,
Mais, en bon bourgeois de Paris,
J'en ris
Oh! oh! oh! ah! ah! ah!
Le bon vieux journal que voilà
La la!...

REPRISE.

Oh! oh! oh! etc.

LE TIMES. Et milady est sans doute... l'Opinion nationale?

LA GAZETTE, sautant. L'Opinion dite nationale... Moi la Gazette de France, la reine des Gazettes.

LE TIMES, à part. Je crois que j'ai dit une bêtise.

LA GAZETTE.

AIR : *Marquise de Prétentaille.*

Fi donc! arrière tout journal
Qui se prétend un libéral,
Je le traite avec arrogance...
Allons! vilains, pouah! laissez-nous,
Je suis d'autre pâte que vous...

Vils roturiers,
Respectez les quartiers
De la noble Gazette de France.

REPRISE.

Vils roturiers
Etc.

LE TIMES. Madame, enchanté de faire votre connaissance et puisque vous voici réunis, permettez-moi de vous demander votre opinion sur les affaires de Grèce... Je vous dirai pour ma part que...

SCÈNE IX

LES MÊMES, LE CHARIVARI.

LE CHARIVARI. Ah! monsieur Times! monsieur Times!

LE TIMES. Eh bien, quoi?

LE CHARIVARI. Votre fils le Punch.

LE TIMES. Qu'est-ce qu'il a fait ce gamin-là?

LE CHARIVARI. Ce qu'il a fait... Voulant s'étourdir... il a mangé trente-sept plum-puding et bu quatorze verres de gin.

LE TIMES. Grands dieux!

LE CHARIVARI. Et au moment où je vous parle... il est dans un état affreux... on désespère de ses jours.

LE TIMES. Mon fils le Punch, la gloire de l'Angleterre près d'expirer! où est-il! qu'on me le montre.

LE CHARIVARI. Le voici... on l'amène.

LE TIMES. Ah! quel coup! quel coup!

SCÈNE X

LES MÊMES, LE PUNCH, en robe de chambre et en bonnet de coton; il est amené par le Morning.

ENSEMBLE.

AIR : *de Duvivier.*

Le pauvre jeune homme!...
J'en suis affligé...
Mais voyez donc comme
Comme il est changé...

LE FIGARO. Ah! comme il est pâle!

LE TIMES. Mon fils, mon pauvre fils!

LE PUNCH. Ah! papa, j'ai bien mal aux cheveux.

LE TIMES. Mais pourquoi manges-tu du plum-puding aussi?

LE PUNCH. C'était sans y penser!... Ah! ah! v'là que ça me reprend!... à la garde au secours!

LE TIMES. Grands dieux! un médecin... deux médecins... trois médecins!

LE CONSTITUTIONNEL. Voilà.

LA PRESSE. Voilà!

LA GAZETTE. Voilà!

LE TIMES. Vous êtes docteurs?

LE CONSTITUTIONNEL. Nous sommes tout!... d'ailleurs, n'avons-nous pas nos feuilletons de sciences!

LE TIMES. Mesdames, je vous le confie... sauvez-le... si vous le guérissez... je m'abonne pour quatre-vingt-dix ans.

LE CONSTITUTIONNEL. Nous le guérirons. Voyons, jeune Punch, montrez-moi votre langue.

LE PUNCH. You will speack English with me.

LE CONSTITUTIONNEL. Mais, non... Je ne vous dis pas de montrer votre langue anglaise... c'est l'autre.

LA PRESSE. La menteuse. (Le Punch obéit.)

LE CONSTITUTIONNEL. La langue est bonne.

LA PRESSE. Et le pouls. (Elle tâte.) Oh! le pouls est flexible.

LA GAZETTE. Qu'éprouvez-vous dans la région gastro-thoracique?

LE PUNCH. J'ai des envies d'écrire une tragédie.

LA GAZETTE. Symptômes graves.

LE PUNCH. J'ai dans la tête comme un hanneton qui me farfouille le cuir chevelu!

LA GAZETTE. C'est une pérypinoptie-mélancolie-dianopapétrie!

LE PUNCH. Vous dites?

LA GAZETTE. Je dis qu'il faut que nous nous consultions, car le cas est grave.

LE TIMES. Une consultation?

LA PRESSE. Et sur le-champ.

LE TIMES. C'est bien alors! Allez, docteurs, allez, l'Angleterre vous regarde!...

LE PUNCH, au Charivari. Est-ce que tu aurais confiance dans ces gens-là, toi?

LE CHARIVARI. Pas du tout.

LE PUNCH. Moi si, si j'avais un héritage à faire.

LE CONSTITUTIONNEL. Venez, chers collègues, et tâchons de ne pas faire comme l'autrefois de causer de toute autre chose que du sujet.

ENSEMBLE.

AIR : *de Duvivier.*

Laissons / Laissez la faculté
Chercher la vérité;
Elle seule, au total,
Doit triompher du mal.

SCÈNE XI

LES MÊMES, moins LES TROIS JOURNAUX.

LE TIMES. Que vont-ils se dire! je suis perplexe. (Au Punch.) Eh bien, comment te sens-tu?

LE PUNCH. Ah! papa, je me sens mal! aïe! à la garde!

LE TIMES. Et que se disent-ils! que se disent-ils... !

LE CHARIVARI. Je sais ce qu'ils se disent.

LE TIMES. Toi?...

LE CHARIVARI. Parbleu! ils se disent des injures, comme tous les matins.

LE TIMES. Et le malade?

LE CHARIVARI. Ah! le malade, il viendra après, s'il ont le temps.

LE TIMES. Mais alors, il est fricassé! Qui consulter, Seigneur! qui.

LE CHARIVARI, s'avançant. Moi, si vous n'y voyez pas d'inconvénient.

LE TIMES. Est-ce que tu t'y connais, toi...?

LE CHARIVARI. Mais un peu.

LE TIMES. Eh bien, parle, que faut-il faire?

LE CHARIVARI. Lui répéter tout ce que je vais vous dire.

LE TIMES. Tu vas me faire dire des bêtises.

LE CHARIVARI. Essayez. (Soufflant.) Mon cher fils.

LE TIMES. Mon cher enfant.

LE CHARIVARI. N'altérez pas le texte, ou je ne réponds de rien.

LE TIMES. Mon cher fils.

LE CHARIVARI. Je suis un père barbare.

LE TIMES. Je suis un père barbare.

LE CHARIVARI. J'ai voulu t'empêcher d'aller à Paris...

LE TIMES. J'ai voulu t'empêcher d'aller à Paris...

LE CHARIVARI. J'ai fait une sottise.

LE TIMES. J'ai fait une...

LE CHARIVARI. Ne vous arrêtez pas.

LE TIMES. Une sottise... je m'en repens

LE CHARIVARI. Très-bien... Et je t'autorise à voyager.

LE TIMES. A voyager...

LE CHARIVARI. A mes frais...

LE TIMES. A mes frais...

LE CHARIVARI. Avec ton ami le Charivari.

LE TIMES. Le Charivari... (A chaque phrase le Punch redevient de plus en plus joyeux. A ce moment, il jette son bonnet en l'air, dépouille son costume de malade et saute.)

LE PUNCH. Vive papa!

LE TIMES. Guéri... il est guéri.

LE CHARIVARI. Vous voyez.

LE PUNCH. Ainsi, vous me permettez d'aller à Paris de voyager avec mon compère le Charivari, et tout ça à vos frais.

LE TIMES. Mais non! mais non...

LE PUNCH. Ah! v'là que j'ai remal aux cheveux.

LE TIMES. Arrête... et puisqu'il n'y a que ça pour te remettre.

LE PUNCH. Vous consentez!...

LE TIMES. Il le faut bien.

LE PUNCH. Enfin!

LE TIMES. Mais sois sage!

LE CHARIVARI. J'en réponds.

LE TIMES. Méfie-toi des femmes et sois revenu pour après-demain.

LE PUNCH. Oui pour après-demain (à part) en un mois.

LE TIMES. Ah çà, au fait, et les docteurs qu'est-ce qu'ils font là dedans, ils dorment?...

LE CHARIVARI. C'est bien possible. (Bruit de dispute.) Ah! non, ils continuent à se consulter je les entends crier. (Ouvrant la porte.) Par ici, par ici, le malade est sauvé!

SCÈNE XII

LES MÊMES, LES TROIS JOURNAUX.

LE CONSTITUTIONNEL, un œil poché. Voilà!

LE TIMES. Sapristi! qu'est-ce que vous avez donc à l'œil vous?

LE CONSTITUTIONNEL. Faites pas attention c'est la consultation.

LA GAZETTE. Simple discussion politique.

LA PRESSE. Ça l'apprendra à ne pas avoir les mêmes vues que nous.

LE CHARIVARI. Quand je vous le disais.

LE TIMES. Eh bien, continuons à causer de nos vues, et puisque tout est rentré dans l'ordre voyons un peu votre opinion sur les affaires de la Grèce.

(On entend sept heures.)

AIR : *de Duvivier.*

Sept heures, voici le jour.

LE CHARIVARI.

Dans vos casiers tour à tour
Il faudra bientôt vous rendre.

LA PRESSE.

Moi j'ai besoin de m'étendre.

LA GAZETTE.

Le sommeil vient de me prendre.

TOUS.

Dormons donc... voici le jour.

LE CHARIVARI.

Et nous, pour notre voyage
Préparons-nous à l'instant...

PUNCH.

Je vais faire mon bagage;
Paris, Paris nous attend

LE TIMES.

Adieu, mon fils, bon voyage!

ENSEMBLE.

Sept heures, voici le jour.
Dans nos casiers tour à tour
Allons vite nous étendre.

Le sommeil vient de nous prendre.
Dormons donc, voici le jour.

LE PUNCH, LE CHARIVARI.

Partons donc... voici le jour.

ENSEMBLE.

Dormons donc, voici le jour.
Bon voyage, bon retour !

(Tous les journaux se sont recouchés comme ils étaient au commencement du deuxième tableau, Punch et Charivari s'éloignent avec précaution.)

(Rideau de nuages.)

TROISIÈME TABLEAU

(Le rideau de nuages se relève. Décor du premier tableau. Le marchand de journaux est encore endormi dans sa boutique.)

SCÈNE PREMIÈRE

LE MARCHAND DE JOURNAUX agité, rêvant.

Ne les laissez pas partir. Je les ai payés... (Se réveillant.) Hein?... ah! que c'est bête. . je rêvais... maudits journaux. Ils ont encore parlé... Je crois même le diable m'emporte. qu'ils ont chanté... (Se levant.) Il fait jour... appelons les clients... Demandez les journaux français : le *Constitutionnel*, la *Presse*, le *Charivari*. (Il bat ses bras l'un contre l'autre pour se réchauffer.)

SCÈNE II

LE MARCHAND, LE CHARIVARI, LE PUNCH. (Musique. Le Punch et le Charivari enveloppés de manteaux sortent de la boutique.)

AIR : *de Camille Michel.*

LE PUNCH.

Viens, par ici...

LE CHARIVARI.

Chut !... me voici...

LE PUNCH.

A pas de loup...

LE CHARIVARI.

Oui, mon bijou.

LE PUNCH.

Filons au loin.

LE CHARIVARI.

Ayons bien soin

LE PUNCH.

De n'être pas pris...

ENSEMBLE.

Vite à Paris.

(Quelques promeneurs entrent en scène.)

LE MARCHAND. Marchand de journaux.
LE CHARIVARI. Filons sans qu'il nous voie.
UN PROMENEUR. *Le Times* s'il vous plaît.
LE TIMES, s'arrêtant. Hein?
LE MARCHAND. Voilà bourgeois c'est trois sous.
LE PUNCH, bas. Papa... trois sous !
LE CHARIVARI. Silence... ne nous trahissons pas, à Paris.
LE PUNCH. A Paris. (Ils sortent.)
LE MARCHAND. Demandez la *Presse*. La *France!* (Éternuant. Atchi!... bon je suis pincé. . chand de journaux. (Les promeneurs deviennent plus nombreux.)

ACTE PREMIER

QUATRIÈME TABLEAU

La nouvelle façade du Théâtre-Français.

SCÈNE PREMIÈRE

LE CHARIVARI, LE PUNCH.

LE CHARIVARI, entrant. Arrive donc, ami Punch.
LE PUNCH, entrant. Voilà... enfin je suis à Paris! je foule ce sol chéri... je me crotte à ce macadam adoré.
LE CHARIVARI. Trouves-tu tout cela de ton goût?
LE PUNCH. Si c'est de mon goût!... des femmes, des monuments, des crinolines... des cochers... des millions de cochers. Je viens d'en boxer un à l'instant !
LE CHARIVARI, riant. Bah ! déjà !
LE PUNCH. Oui, figure-toi... un animal...
LE CHARIVARI. Plains-toi...
LE PUNCH. A qui?
LE CHARIVARI. Tu n'as donc pas vu l'avis au public? un registre est ouvert dans tous les bureaux de voitures aux réclamations des voyageurs...
LE PUNCH. Très-bien... je veux réclamer...
LE CHARIVARI. A ton aise; voici le buraliste de la place du Palais-Royal.

SCÈNE II

LES MÊMES, LE BURALISTE.

LE BURALISTE, un registre à la main.

AIR : *Délassements en vacances.*

Réclamez (*bis.*),
De droits vous êtes armés;
Les abus
Reconnus,
Nous ne les souffrirons plus.

Sur ce livre décochez
Vos satires aux cochers ;
Pour leurs méfaits recherchés
Que leurs noms soient affichés.

REPRISE.

Réclamez, etc.

Ces messieurs ont à se plaindre d'un de nos numéros?
LE PUNCH. Oui, jeune homme... D'abord votre cocher circulait vide sur le boulevard...
LE BURALISTE. Oh! oh !... une contravention à la nouvelle ordonnance... défense de circuler vide...
LE PUNCH. Malgré ça... nous l'appelons... au moment de monter, je m'aperçois qu'il est gris comme trente mille hommes.
LE CHARIVARI. C'est peut-être beaucoup dire...
LE PUNCH. Mettons vingt-cinq mille hommes... Je veux prendre une autre voiture... il m'empoigne au collet et nous force à monter dans la sienne.. Mais, malheureux!... lui dis-je, vous êtes dans les vignes... « Moi, pas vrai... solide au poste et à cheval sur la consigne. Qu'est-ce qu'elle dit, la consigne? de ne pas être vide... Je ne suis pas vide!... » Je crois bien, l'affreux coch... l'affreux cocher!... aussi, nous avons mis une heure à faire une course de vingt minutes... il descendait de son siége à chaque instant... pour lire les affiches de spectacle...

AIR : *Mazaniello.*

J' comprends l'usage qui consacre
En ch'min d' fer telle ou tell' station;
Mais on ne devrait pas, en fiacre,
S'arrêter ainsi qu'en wagon...
Votre cocher, quoiqu'il arrive
A son but doit marcher au trot ;
Ce n'est qu'à la locomotive
Qu'il est permis de fair' de l'eau.

LE CHARIVARI. Que voulez-vous? chaque cocher exécute l'ordonnance à sa façon... les uns louent un voyageur pour circuler sur le boulevard, les autres mettent un mannequin dans leur voitures... et tout ça pour avoir le droit de marauder sur la voie publique... C'est si bon la maraude.

AIR : *de Duvivier.*

La Maraude (*bis.*)
N'est pas toujours du temps perdu!
Pour qui rôde
Et badaude ;
C'est l'attrait du fruit défendu.

Ève qui marauda la pomme,
Nous apprit à faire le mal ;
Elle valut au premier homme
Le premier procès-verbal.

Je respecte le mariage,
La vertu, les lois de l'honneur ;
Mais j'aime assez, dans un ménage,
Me faufiler en maraudeur.

REPRISE.

La Maraude, etc.

LE BURALISTE. Messieurs, voici votre réclamation consignée sur mon registre... C'est la neuf cent quatre-vingt-dix-neuvième de la matinée.

LE PUNCH. Vous devez en avoir de curieuses?

LE BURALISTE. Ah ! messieurs...

LE CHARIVARI. Voyons...

LE BURALISTE. Mais il nous est défendu de les faire voir...

LE PUNCH, *prenant le registre.* Raison de plus pour nous les montrer... (*Lisant.*) « Monsieur et madame Jolibois signalent le cocher n° 2004, comme les ayant traités de rapiats... » le mot est dur... « après avoir reçu d'eux dix centimes de pourboire. »

LE BURALISTE. Il est vrai que le cocher les avait conduits du Père-Lachaise au bois de Boulogne...

LE PUNCH. Dix centimes, ce n'est pas généreux et pourtant...

AIR :

Ces deux sous qu'on traite d'aumône
Font un chiffre assez étoffé ;
Au cocher c'est deux sous qu'on donne,
Deux sous au garçon de café,
Deux sous à qui vous a coiffé...
Bains, restaurants, garçons, servantes,
C'est trop de deux sous entre nous...
Il faudrait dix mille liv'es de rentes
Pour semer ainsi deux sous. (*bis.*)

(*Lisant.*) « M. Cocodès, qui avait oublié son épouse dans le n° 666, se plaint de ce qu'elle ne lui ait été renvoyée que trois jours après... »

LE CHARIVARI. Il paraît que votre cocher n'était pas fidèle.

LE PUNCH, *lisant.* Oh! schoking!

LE CHARIVARI. Quoi donc?

LE PUNCH. « Ernest et Rosalie demandent que l'on mette à pied le cocher n° 504, qui a osé relever les glaces de la voiture dans laquelle ils étaient. »

LE CHARIVARI. Eh bien?

LE PUNCH. Du tout... je demande un fouet d'honneur pour ce cocher... il a appris à ces jeunes gens à se conduire...

LE BURALISTE. Ils avaient levé les glaces à cause du soleil...

LE PUNCH. Ah !

AIR :

N'importe, un fiacre est grave dans sa marche
Et solennel ; il rappelle aux passants
Qu'aux jours de pluie, aussi vaste que l'arche,
Il peut tenir père, aïeul, mère, enfants.
Il est moral, le modeste carrosse...
Baissez la glace, et passez haut le nez ;
Demain peut-être il sera d'une noce,
Il ne doit pas même être soupçonné, (*bis.*)

C'est égal, ce registre a du bon... j'en parlerai... à mon retour à Londres... Jeune homme, j'ai bien l'honneur de vous saluer.

LE BURALISTE. Et quand vous aurez à vous plaindre d'un numéro, vous savez... ne vous gênez pas...

LE PUNCH. Trop aimable!...

REPRISE.

Réclamez, etc.

(*Le Buraliste sort.*)

SCÈNE III

LE CHARIVARI, LE PUNCH.

LE PUNCH. Ah ! çà ou sommes-nous?

LE CHARIVARI. Devant la nouvelle façade des Français... on ne pourra pas dire que le théâtre ne bat que d'une aile... on lui en a fait une autre.

LE PUNCH. On y a mis le Temps... N'importe, c'est plus digne de la maison de Molière...

LE CHARIVARI. Bah!...

AIR :

Que la salle soit neuve ou vieille,
La façade admirable ou non,
Que l'architecte ait fait merveille,
Ou qu'on le traite de maçon;
Que le balcon se développe
Sur de riches soubassements...
Le Tartuffe et le Misanthrope
Restent les seuls vrais monuments,
Voilà nos seuls vrais monuments.

LE PUNCH. Et le fameux pont, qui passait sur la rue de Richelieu?...

LE CHARIVARI. Le pont de la Tragédie... démoli!... Et ce n'est pas la seule ruine du jour... Vois cette pauvre fontaine du rond-point des Champs-Elysées.

SCÈNE IV

LES MÊMES, LA FONTAINE, *puis* LE SQUARE.

LA FONTAINE, *entrant.* Démolie...

AIR : *de Duvivier.*

Hi! hi! hi!... pauvre fontaine,
Pauvre fontaine du rond-point...
Hi! hi!... je succombe à la peine,
Et l'on ne me regrette point.

Au milieu des Champs-Élysées
Je coulais les plus heureux jours ;
Voilà mes naïades brisées,
Mes flots limpides n'ont plus cours.

REPRISE.

Hi! hi! hi! pauvre fontaine,
Pauvre fontaine du rond-point...
Hi! hi! Je succombe à la / Nous comprenons ta peine,
Et / Car l'on ne me / te regrette point.

LE PUNCH. Et pourquoi vous a-t-on démolie, chère amie?...

LA FONTAINE. Parce que je gênais la circulation...

LE CHARIVARI. On vous a peut-être seulement changée de place, comme la fontaine du Luxembourg?...

LA FONTAINE. Non, messieurs... supprimée complétement... C'est un meurtre... j'étais une oasis délicieuse placée par la main des Limousins, entre l'obélisque et l'Arc de Triomphe... je reposais la vue... je rafraîchissais les promeneurs...

LE CHARIVARI. Et vous faisiez écraser les passants... tandis que maintenant, les voitures suivent l'avenue sans s'arrêter...

LA FONTAINE. Ce qui fait que les piétons prendront des voitures pour traverser...

LE PUNCH. Elle a peut-être raison... et par quoi va-t-on vous remplacer?...

LE SQUARE, *entrant.* Par moi... par le Square.

LE PUNCH. Ah! je te reconnais, toi... une importation anglaise...

LE SQUARE. Comme tu dis, My dear, et j'ai fait assez de progrès depuis que je suis en France... parlez, faites-vous servir si vous aimez le Square... on en a mis partout!...

AIR : *Satan avait dans le temps (le plat du jour)* (Hervé).

Squares dans chaque coin
Ici, là-bas, plus loin,
Squares de tous côtés,
Squares plus ou moins abrités.
Squar' Saint-Clotilde et square de l'Europe,
Square Louvois au quartier Richelieu,
Square du Temple où l'enfance galope,
Square Saint-Jacques et la tour au milieu,
Squar's dans tous les quartiers ;
Squar' des Arts-et-Métiers,
Square du Château-d'Eau
Et du prince Eugène dito.
Je règne enfin sans regrets et sans luttes :
A Batignolle un square non pareil,
Même à Montmartre un square sur les buttes ;
Partout de l'air, des fleurs et du soleil,
Mon succès est si grand
Que je rêve à présent

Le square à domicile, un projet vraiment
Renversant :
Dans chaque immeuble, et d'étage en étage,
Je veux créer un jardin élégant,
Avec des bancs cachés dans le feuillage,
Où vous pourrez vous asseoir en montant ;
La mousse et le gazon
Tiendront lieu d' paillasson,
Et par un jardinier
Je remplace l'affreux portier.
Je monte encor, sur les combles je trône,
Sur les maisons plus d'espaces perdus,
A moi les toits!.. à moi !... de Babylone
Je reconstruis les jardins suspendus.
Squares dans chaque coin,
Ici, là-bas, plus loin,
Squares partout enfin;
Paris n'est plus qu'un gr nd jardin

REPRISE.

Squares dans chaque coin,
Etc.

Allons, venez avec moi, ma petite... C'est bien le diable si, avec tout mes projets en l'air,... je ne trouve pas à vous caser...

LA FONTAINE. C'est égal... on me regrettera..

ENSEMBLE.

AIR : *de Duvivier.*

Je me / Elle propose un avenir
Dont le succès sera facile / est difficile
C'est aux Squares à domicile
Que j' / Qu'elle espère enfin parvenir.

(La Fontaine et le Square sortent.)

SCÈNE V

LE CHARIVARI, LE PUNCH.

LE PUNCH. Si c'est là tout ce que tu as de nouveau à me montrer...

LE CHARIVARI. Veux-tu voir le musée Campana ?

LE PUNCH. Ah! oui... une nouveauté de l'ancien temps, c'est égal... allons-y...

LE CHARIVARI. Inutile il vient de ce côté...

LE PUNCH. Comment!... il déménage...

LE CHARIVARI. Non, il emménage...

LE PUNCH. S'il emménage... c'est qu'il déménage...

LE CHARIVARI. Il va s'installer au Louvre...

LE PUNCH. Voyons le musée Campana...

LE CHARIVARI. Ce n'est pas lui, mais quelqu'un des siens; le seigneur Annibal, Carthaginois d'occasion, le musée fait homme.

LE PUNCH. Autant dire le musée homme... alors...

SCÈNE VI

LES MÊMES, ANNIBAL.

ANNIBAL, en Carthaginois, avec des vases étrusques dans ses poches et sous les bras. Ne m'approchez pas... encore des bourgeois... des ignares... des vandales... *Odi profanum vulgus...!* des imbéciles...

LE PUNCH. Monsieur... des connaisseurs enchantés de faire votre connaissance...

ANNIBAL. Regardez... ne touchez pas...

LE CHARIVARI. Voyons, monsieur Annibal...

ANNIBAL. Annibal vous-même!... vous savez qui je suis?

LE CHARIVARI. Un célèbre Carthaginois... et je *carthage* votre manière de voir...

ANNIBAL. Oui, je suis le fameux Annibal, dont il est tant parlé dans l'histoire... j'aurais pu m'appeler Salammbô... mais Salammbô c'est un nom nouveau... je préfère Annibal... j'ai horreur du nuf, vive le vieux!... ne m'approchez pas... Qu'est-ce que je porte là sous mon avant-bras droit ?

LE PUNCH. Ça... c'est un pot à beurre...

ANNIBAL. Crétin!... goitreux!... un pot à beurre... c'est un vase étrusque... ne touchez pas!... Et ceci ?... (Il montre une marmite.)

LE CHARIVARI. Au premier abord, on jurerait une marmite... avec son couvercle... mais c'est évidemment un vase étrusque...

ANNIBAL. Bien dit... bravo !... (Montrant une autre vase.) Et ça ?...

LE PUNCH. Ah ! ça... c'est encore un vase... mais je le crois moins étrusque que l'autre.

ANNIBAL. C'est le vase de Cléopâtre.

LE PUNCH. Ah ! madame Cléopâtre... il est fêlé...

ANNIBAL. Qu'est-ce qui n'est pas fêlé dans ce monde?... est-ce que vous ne l'êtes pas vous?...

LE PUNCH. Monsieur...

ANNIBAL. Ne touchez pas!. .

LE PUNCH. Allez vous promener à la fin... en voilà un qui m'ennuie...

ANNIBAL. Et ce n'est pas tout!... regardez ma toilette!... antiquité... rien qu'antiquité...

AIR :

Car rien n'est beau que l'antique,
L'antique et le bric-à-brac ;
Ma mise est plus authentique
Qu' perrimac et Potomac...
Ce faux-col me vient du Cid,
Ma cravate de David,
La chemise que voilà,
Charlemagne la porta.
Sous une cuirasse épaisse,
Charles-Quint mit mon gilet.
Cet habit vient de la Grèce,
Ça se voit à son collet ;
J'ai les bottes de Tarquin,
Ce riflard vient de Pepin ;
Cette culotte à l'envers
Me vient du roi Dagobert ..
Pour être historique en diable
Et prendre un air solennel,
(Se découvrant.)
J'ai sur mon chef respectable
Les trois ch'veux de Cadet-Roussel...
J'ajouterai sans façon,
Que je porte un caleçon...
Que Pénélope, oui-dà,
Pour Ulysse tricota.

REPRISE.

Oui, rien n'est beau que l'antique;
L'antique et le bric-à-brac,
Ma / Sa mise est plus authentique
Qu' perrimac et Potomac.

Mais pardon... on m'attend à l'hôtel des Ventes pour acheter une Vénus, qui n'a ni bras, ni jambes, ni torse, ni tête...

LE PUNCH. Eh bien... qu'est-ce que c'est... alors ?

ANNIBAL. Une antiquité... monsieur... Ne touchez pas... sapristi, ne touchez pas... (Il sort.)

LE PUNCH, furieux. Zut... (Le reconduisant.) Vieux toqué... (Redescendant.) Tiens, en voilà un avec qui je n'aimerais pas à passer le restant de mes jours. (Remontant.) Vieille ganache. (Redescendant.) Oh ! les vieux... Tiens, fais-moi voir des jeunes tout de suite, une infusion de jeunes que je me retrempe...

LE CHARIVARI. A tes ordres... voici justement une troupe d'enfants qui nous arrive !...

LE PUNCH. Des enfants, à la bonne heure ! ô les enfants, je les adore!... quelquefois, quand je m'ennuie, je vais les voir se livrer à leurs jeux innocents... aux plaisirs de la corde, du volant, du saute-mouton. Oh! le saute-mouton... Mais le mouton surtout... avec des pommes autour!...

SCÈNE VII

LES MÊMES, moins ANNIBAL, TOTO, POPOL, LILINE, NANA, entrant en courant.

ENSEMBLE.

AIR : *de Duvivier.*

Chacun a pris sa course,
Aux plaisirs soyons sourds;
C'est l'heure de la bourse,
Venons fixer le cours.

LE PUNCH. Bonjour, jeunes arbrisseaux...

TOTO. Qu'est ce qu'il nous veut celui-là ?

LE CHARIVARI. Mon ami Punch et moi ferons volontiers une partie avec vous...

LE PUNCH. Oh ! oui.. aux quatre coins... je serai le milieu...

TOTO. Vous vous méprenez, messieurs... nous venons ici pour affaires...

POPOL. Pour faire des opérations...

LILINE. La bourse des timbres...

NANA. Des timbres-poste...

LE PUNCH. Je n'y suis pas... j'y perds mon anglais...

TOTO. C'est bien simple... la toquade à la mode consiste à collectionner des timbres-poste de tous les pays.. or, Popol...

LE PUNCH. Où ça Popol ?

POPOL. C'est moi...

LE PUNCH. Bien, j'y suis...

TOTO. Popol a trop de timbres espagnols et manque de timbres allemands... Toto...

LE PUNCH. Où ça... Toto ?

TOTO. Toto, c'est moi... Toto a des timbres allemands et n'a pas d'espagnols... il propose un échange... fait un prix.

LILINE. Liline met au-dessus...

PUNCH. Liline... je comprends...

NANA. Nana offre davantage...

LE PUNCH. Nana, allez toujours...

POPOL. Le marché est ouvert... et la bourse commence... Malheureusement, au moment où nous allions attaquer, dans le jardin des Tuileries, comme tous les jours, le gardien est venu... a empêché nos opérations.

TOUS LES QUATRE. Et nous voilà...

LILINE. Vite!... vite!... le coup de cloche!... (Elle tire une sonnette de sa poche et sonne.)

ENSEMBLE.

AIR : *J'ai traversé le Canada.* (Hervé.)

Cotez le Nord, cotez le zinc !
Cotez le trois, cotez le cinq.
C' n'est pas la rente
Qui nous tente,
Et pourtant l'agio nous plaît,
Pour nous c'est un plaisir complet,
Et nous avons notre parquet.

(Nana pose une corbeille au milieu du théâtre... ils se groupent autour.)

TOTO, montrant des timbres.

SUITE DE L'AIR.

J'ai deux Britannia...

LILINE.

Deux sous...

POPOL.

Trois sous, oui-dà...

NANA.

Quatre sous fin courant...

TOTO.

Non, je vends au comptant...

LILINE.

J'ai des Hesse-Cassel...

POPOL.

J'ai des Emmanuel...

NANA.

Ils font prime...

LE PUNCH.

Il est sûr qu'
Ils n'ont pas de timbre turc.

ENSEMBLE.

Cotez le Nord, cotez le zinc...
Etc.

TOTO.

MÊME AIR.

Un timbre de Francfort...

LILINE.

Je le prends en report...

POPOL.

Qui de vous m'en prête un ?...

NANA.

On demande un emprunt...

LE PUNCH, offrant des timbres.

Deux timbres d'un penny...

TOTO.

Zut!... ils n'ont pas servi...

LE CHARIVARI.

Il faut qu'ils soient barrés...

LE PUNCH.

Vrai, je les crois timbrés!...

REPRISE.

Cotez le Nord, cotez le zinc,
Etc.

LE PUNCH, parlé. Ils jouent à la Bourse... O corruption ! je m'en vais...

LE CHARIVARI, le retenant. Où vas-tu donc ?

LE PUNCH. Je vais faire des opérations dans la coulisse...

TOTO, le rappelant. Monsieur... hé, monsieur...

LE PUNCH. Quoi, jeune tripotier... ?

TOTO. Voulez-vous des timbres aruacaniens à fin courant dont deux...

LE PUNCH. Non, merci... mes parents me défendent de jouer à la Bourse.

TOTO. Ah!... on ne fait pas d'affaires ici... pas moyen d'enlever les cours...

LILINE. La cote est en baisse...

POPOL. Retournons à la petite Provence...

TOUS LES QUATRE. Aux Tuileries! aux Tuileries!...

REPRISE DE L'ENSEMBLE.

(Ils sortent en courant.)

SCÈNE VIII

LE CHARIVARI, LE PUNCH.

LE PUNCH. Si ce n'est pas à déposer une plainte au parquet... au parquet de la Bourse...

LE CHARIVARI. Si le cœur t'en dit... prends une feuille de papier timbré... de dix sous...

LE PUNCH. Non, je préfère envoyer mes bagages à un hôtel quelconque!... ils commencent à me gêner...

LE CHARIVARI. Envoie-les au *Grand Hôtel...*

LE PUNCH. Le grand hôtel de quoi?...

LE CHARIVARI. Chut...

AIR : *dans les Gardes-Françaises.*

C'est l'hôtel anonyme...

LE PUNCH.

Pas de nom... pourquoi donc?

LE CHARIVARI.

Dame, on lui fait un crime,
Un crime de son nom...

LE PUNCH.

C'était?... pas de réponse,
Respectons ses secrets.

LE CHARIVARI.

A son nom s'il renonce,
C'est pour avoir la paix.

LE PUNCH. Va pour le *Grand Hôtel!...* hèle-moi un Auvergnat...

LE CHARIVARI. Inutile, le *Grand Hôtel* va t'envoyer quelqu'un... C'est un endroit très-bien que cette auberge... elle est en correspondance télégraphique avec tous les quartiers...

LE PUNCH. Bah!...

LE CHARIVARI. Pour la commodité des voyageurs, elle a fait mettre des sonnettes électriques à tous les coins de rue non-seulement de Paris, mais, de la province et de l'étranger; de sorte qu'en quelque lieu que tu te trouves, tu n'as qu'à sonner...

LE PUNCH. Et on vient!...

(Le Charivari va pousser un bouton dans un coin du théâtre, bruit de sonnette : aussitôt une voix du dehors répond.)

UNE VOIX. Voilà!... voilà!...

LE CHARIVARI. Tu as entendu... on arrive...

LE PUNCH. C'est électrisant!...

SCÈNE IX

LES MÊMES. MAURICE, puis JOHN, puis GERMAIN, puis un COMMISSIONNAIRE.

MAURICE, élégant à la dernière mode. Stick et lorgnon, bottes vernies et gants frais. Ah! des étrangers... j'en étais sûr...

LE PUNCH, à Charivari. Comment, ce monsieur serait un... garçon d'hôtel?

LE CHARIVARI. Tu peux t'en assurer...

LE PUNCH, lui tendant son bagage. Ne serait-ce pas trop abuser de votre complaisance que d'oser vous prier de...

MAURICE, sans y faire attention. Je ne sais si je me trompe, mais, je crois avoir eu l'honneur de rencontrer monsieur dans le monde...

LE PUNCH, même jeu. C'est possible... je n'y vais jamais...

MAURICE. Chez la baronne de Saint-Degomınez...

LE PUNCH, même jeu. La baronne de... ah! oui... je ne la connais pas du tout...

MAURICE. Peut-être mon nom vous remettra-t-il sur la trace? Maurice de Duflaquet...

LE CHARIVARI, bas à Punch. C'est un domestique noble, il aura eu des malheurs...

MAURICE. Ah! j'y suis... C'est aux courses d'Epsom que je vous ai rencontré...

LE PUNCH. Vous avez été jockey...

MAURICE. Monsieur...

LE PUNCH. Pardon... je voulais dire valet de chambre...

MAURICE. Ah! prenez garde... j'ai accepté des fonctions au *Grand Hôtel*... mais, j'y occupe un rang qui m'autorise à ne souffrir aucune insolence...

LE PUNCH. Ah! vous ne souffrez pas...

MAURICE. Tenez, pas plus tard qu'hier, un voyageur ayant eu l'impertinence de me donner dix louis de pourboire... j'ai châtié l'insolent...

LE PUNCH. Vous l'avez frappé...?

MAURICE. Du tout... sa naissance était égale à la mienne... nous nous sommes battus à l'épée...

LE CHARIVARI. Et il n'a pas été blessé de votre procédé...

MAURICE. Si... au poignet...

LE PUNCH. Un dom...

MAURICE. Songez donc, monsieur, que le premier venu ne saurait tenir l'emploi que j'occupe; il faut, comme moi, avoir fait des études complètes... être bachelier... l'avoir emporté sur je ne sais combien de candidats... je parle onze langues, pour le service des voyageurs... depuis le français de l'académie jusqu'au javanais...?

LE CHARIVARI. Et l'auvergnat.

MAURICE. Je le fais parler par mon domestique...?

LE PUNCH. Ah! vous avez un domestique...

MAURICE. Sans doute...

LE PUNCH. Eh bien... vous devriez bien l'appeler pour qu'il me débarrasse de mon bagage... car, si je comptais sur vous...

MAURICE. Que ne le disiez-vous de suite... (Appellant.) John...

JOHN, entrant. Monsieur...

MAURICE. Prenez le bagage de monsieur... et portez-le à l'hôtel...

JOHN. Oui, monsieur... oh! une caisse en bois... un carton... je ne porte que les valises... (Appelant.) Germain?...

GERMAIN, entrant. Voilà...

JOHN. Enlevez le bagage de monsieur...

GERMAIN. C'est du cuir... je ne porte pas de cuir... (Appelant.) Eh! là-bas... (Un commissionnaire entre.) Mets ça sur ton crochet...

LE PUNCH. Un instant... trop de domestiques, ça m'effraye pour la facture... (A Maurice.) Vicomte...

MAURICE. Mon ami!...

LE PUNCH. Il m'appelle son ami... qu'il est bon pour moi... Vous n'auriez pas un aperçu des prix par hasard...?

MAURICE. Si fait...

LE PUNCH. Une chambre... une modeste chambre .. combien, sans vous commander...?

MAURICE. Dix-sept cents francs...

LE PUNCH. Par an?...

MAURICE. Par jour...

LE PUNCH, reprenant son bagage au commissionnaire.) Pardon. (A Maurice.) Monsieur, comme mes moyens ne me permettraient pas de loger plus de dix minutes chez vous, et que je suis à Paris pour un mois... permettez-moi d'hésiter.

MAURICE. A votre aise, monsieur... nous ne forçons personne...

LE PUNCH. Heureusement...

LE CHARIVARI. Un instant!

AIR :

Tu crois faire un trait de malice
En repoussant le *Grand Hôtel*,
A ton aise! mais rends justice
Au vrai génie industriel;
Devant lui chacun se découvre,
Avec tout le monde je dis :
Ce pendant de l'*Hôtel du Louvre*
Est digne du nouveau Paris,
Gloire au *Grand Hôtel* de Paris!

MAURICE. Merci de cette bonne parole, sur ce...

ENSEMBLE.

Trois domestiques et le reste,
Vraiment Je / Il n'en sortirais / sortirait pas;
Je / Il préfère un hôtel modeste,
Je suis / Il est L'ennemi du fracas!

(Maurice, John, Germain et le commissionnaire sortent.)

SCÈNE X

LE CHARIVARI, LE PUNCH, MARSEILLE.

MARSEILLE.

AIR : *J'ai gagné.*

Cachez-moi (*bis.*)
Et calmez mon émoi;
On court sur ma trace,
On m'enlace...
Cachez-moi, (*bis.*)
Car je me meurs d'effroi,
De grâce,
Messieurs, cachez-moi,
Cachez-moi!

LE CHARIVARI. Ah! qu'elle est gentille!

LE PUNCH. Je la cacherais bien dans mon sein...

MARSEILLE. Tâchez qu'ils ne me voient pas...

LE PUNCH. Qui, eux? Et qui, vous?

MARSEILLE. Je suis la ville de Marseille...

LE CHARIVARI. J'aurais dû le deviner à votre bouche... du Rhône, pourtant vous n'avez pas d'accent...

MARSEILLE. Je le dissimule... je change à chaque instant de langage et de costume pour échapper à deux messieurs qui me traquent, qui me poursuivent, qui me persécutent... ils m'accablent de propositions... de cadeaux...

LE PUNCH. Eh! eh!... je voudrais bien être à votre place...

MARSEILLE. Ah! je vous la cède volontiers...

LE PUNCH. On ne me prendra jamais pour vous... après ça, je suis assez chiffonné... mais ce costume?...

MARSEILLE. Ils croiront que c'est un nouveau déguisement que j'ai pris pour leur échapper...

LE PUNCH. Mais la voix?

MARSEILLE. Prenez l'accent de Marseille... ils s'y laisseront prendre...

LE PUNCH. Nom d'une Cannebière!... je le tiens!...

MARSEILLE. Les voici, à votre rôle...

SCÈNE XI

LES MÊMES, MIDI, MÉDITERRANÉE.

MIDI, MÉDITERRANÉE. Où est-elle? où est-elle?

LE PUNCH. Ah! bagasse!... impossible de leur échapper... au plus je m'en fuis, au plus ils me traquent... les faquins...

MIDI. La voici!... Eh! friponne tu as encore changé de costume, mais mon cœur t'a reconnue...

MÉDITERRANÉE. Le mien d'abord, tu es si joliette...

LE PUNCH. Il paraît que j'ai un beau port...

MIDI. Voyons, ne refuse pas le chemin de fer du Midi... lui seul peut faire ton bonheur...

MÉDITERRANÉE. Ne repousse pas ton petit ch'min ch'min de la Méditerranée... c'est la fortune...

LE PUNCH. Ah! je suis bien embarrassé... Troun de l'air...

MIDI. Dis ce que tu veux, ma bichette...

MÉDITERRANÉE. Parle... ma petite Phocée...

MIDI.

AIR de *Duvivier.*

Sur moi fixe ton choix, de grâce!...
J'entends me montrer généreux...

PUNCH.

Je voudrais une armoire à glace...

MIDI.

Comptes-y... je t'en promets deux...

MÉDITERRANÉE.

Moi, je t'offre un coupé, ma belle...

PUNCH.

Avec des chevaux alezan?...

MÉDITERRANÉE.

Mais à ton bibi sois fidèle...

MIDI et MÉDITERRANÉE, la pressant.

Réponds-moi... réponds-moi... cruelle...

PUNCH, les repoussant en minaudant.

Allez vous-en... allez-vous-en...

ENSEMBLE.

Espoir et courage!
Je serai / Qui sera vainqueur
Et j'aurai, je gage,
Acquis l'avantage
Du chemin qui conduit à la gard' de son cœur.

MÉDITERRANÉE. Parle... je te comblerai de cachemires et de bijoux... je te donnerai des billets de la loterie de Saint-Point... et je te menerai voir le *More de Venise*... Je t'achèterai un chapeau canotier avec une plume blanche... et je te donnerai une chaine forçat, la grande mode du jour... Sans compter que je tendrai tes appartements avec des obligations de mon chemin de fer, et que je te ferai des cigarettes avec des billets de banque.

LE PUNCH. Troun de diou di bagasse!... mais tu me vas, tê...

MÉDITERRANÉE. O bonheur! je l'emporte...

LE CHARIVARI. Oui, mais la concurrence n'a pas dit son dernier mot...

MIDI. Je vais le dire... Dans Marseille il y a deux personnes... la femme et la ville... La femme a pu se laisser séduire par les embellissements, la nouveauté... tous les piéges tendus à sa coquetterie... à sa vanité... La ville est plus sérieuse... Elle songe à sa gloire passée, elle s'occupe de sa grandeur future... Marseille, en échange de la ligne que tu m'accorderas, je t'offre une crèche pour les petits enfants, une école pour les grands, une maison de refuge pour les vieillards...

MARSEILLE. Si c'est ainsi, j'accepte...

MIDI. Vous?

MARSEILLE. Oui... moi... Marseille!... la vraie Marseille!...

AIR : *Luth galant.*

Pour les objets de luxe j'hésitais,
Puis j'allais faire un refus sans regrets...
Mais vous me proposez d'instruire la jeunesse,
D'élever les enfants et d'aider la vieillesse,
Enfin, vous me traitez avec cœur et noblesse,
J'accepte vos bienfaits (*bis*).

LA MÉDITERRANÉE. Tout n'est pas fini...

LE PUNCH. C'est égal; envoyez-moi toujours l'armoire à glace... j'en ai le placement...

MARSEILLE. Midi... votre bras...

LE MIDI, obéissant. J'aurai ma concession?...

LA MÉDITERANÉE. C'est ce que nous verrons.

LE PUNCH. Bah! vous aurez peut-être votre veste... Vestas, en anglais!...

ENSEMBLE.

AIR : *de Duvivier.*

Qui n'a pas vu Marseille,
N'a pas vu la merveille
Mais on ira très-bien,
N'importe par quel chemin...

(Les trois personnages sortent.)

SCÈNE XII

LE PUNCH, LE CHARIVARI, puis BATAILLARD. UN MAÇON.

(On entend un grand bruit au dehors.)

LE PUNCH, sautant. Sapristi! qu'est-ce que c'est que ça?...

LE CHARIVARI. Ça... c'est le boulevard du Temple qu'on démolit.

BATAILLARD, entrant et tenant un maçon à la gorge. Mille cartouches... tu ne me toucheras pas!...

LE MAÇON. A la garde!... on m'étrangle!...

BATAILLARD. Démolir mon Cirque... toi!... Viens-y donc... mais viens-y donc!...

LE PUNCH. Quel est ce débris de la grande armée?...

BATAILLARD. Qui je suis?... Jérôme Bataillard... grognard du Cirque! Trente ans de service et pas de béquilles!...

LE PUNCH. Ah! vous êtes un soldat du Cirque...

BATAILLARD. L'on s'en flatte!... J'ai fait toutes les campagnes de la République et de l'Empire... j'ai démoli, tous les soirs, les ennemis de la Frrrance! moyennant quinze sous par jour, sans le cirage! Voilà la chose, j'étais garçon ébéniste...

LE PUNCH, à part. Nom d'un petit bonhomme! il va me raconter son histoire!

BATAILLARD. Un soir, je vais au Cirque, j'y vois jouer *Masséna*, ou l'Enfant chéri de la Victoire; en sortant, je me dis : Rosser les ennemis... voler à la gloire... être un lapin, Bataillard, v'là ta vraie vocation. Alors, sans écouter les larmes de ma mère, les pleurs de mon oncle... je leur y dis adieu et je vas me faire engager!

LE PUNCH. Au Cirque?

BATAILLARD. Au Cirque. J'avais du torse... Le régisseur commandant m'accepte! T'es un conscrit, qu'il me dit; pour commencer, tu feras le paysan étranger qui fuit à l'approche de l'avant-garde... Çà m'est égal, que je réponds : j'ai mon idée... Un mois après... on me nomme Autrichien!... on me flanquait des tripotées à vingt francs par tête... J'étais plein de bleus, monsieur...

LE PUNCH. Ah! vraiment, vous...

BATAILLARD. Ma mère, ma pauvre mère... était dans la désolation; mon oncle rageait... Faire un kinserlie, qu'il disait être un ennemi de la France... quelle honte pour la famille! Patience... que je leur faisais... j'ai mon idée... Un jour, monsieur... Edmond Galland, un fameux général, tombe de cheval sur le théâtre... je le relève... Bataillard, qu'il me dit, tu m'as sauvé la vie... que veux-tu?... Être Français... Tu l'as es... Je l'étais.

LE PUNCH. Vive la France!

BATAILLARD, ému. Il fallait voir la joie de ma mère et de mon oncle! Ils donnèrent un dîner... j'y étais...

LE PUNCH. Dame!...

BATAILLARD. Et au dessert... je me mis à chanter en pleurant avec des larmes de joie...

AIR : *Dame Blanche.*

Ah quel plaisir d'être Français (*bis*).
Le costume est plus riche,
Et l'on court de Succès en succès...
J'aim' mieux çà que l' servic' de l'Autriche,
Où l'on r'çoit des coups d'pied, des soufflets...
Car l'on est (*bis*) sur l'affiche
Si l'on a (*bis*) des hauts faits.
Ah! quel plaisir, ah! (*bis*).
Ah ! quel plaisir d'être Français (*bis*).

Quinze jours après...

LE PUNCH, fatigué. Ah! vous ne voulez pas vous asseoir?

BATAILLARD. Quinze jours après, je me dis : C'est pas tout ça, il faut monter en grade... être porte-drapeau ; il faut que ma mère soit fière de son fils... J'ai mon idée... L'auteur avait un tilbury qu'il conduisait à la vapeur... je me dis : C'est pas possible... il y arrivera un malheur à cet homme. Je me mets à le suivre. Au bout d'un mois, ça ne rate pas .. Une voiture de pierres l'accroche, il saute... Je me précipite et je lui sauve la vie! — Qu'est-ce que tu veux? qu'il me fait... Etre porte-drapeau dans l'histoire du vôtre... Tu l'as es... Je l'étais...

LE PUNCH. Vive la Fran... (A part.) Il m'ennuie... Oh! il m'ennuie!

BATAILLARD. Et c'est quand je vas être capitaine, après avoir sauvé la vie au directeur... c'est quand je veux rendre ma mère folle de joie... qu'on viendra me démolir! moi et mon Cirque! On me passera sur le corps... mais on ne touchera pas à un de ses cheveux, ou gare à la peignée... (On entend sonner midi, musique.)

BATAILLARD. Midi... C'est l'heure à laquelle nous devons tous déménager!...

LE PUNCH. Le déménagement des théâtres du boulevard, ah! par ma foi... je ne serai pas fâché d'y assister...

LE CHARIVARI. A tes souhaits!... (Il fait un signe.)

CINQUIÈME TABLEAU

L'ancien boulevard du Temple.

SCÈNE PREMIÈRE

CHARIVARI, LE PUNCH, BATAILLARD, LIMOUSIN, ORPHÉE, LA CHATTE MERVEILLEUSE, DRAGON DE VILLARS, TROIS PERSONNAGES DE ROTHOMAGO, CHOPARD, FOUINARD, DUBOSCQ, TROIS CANOTIERS, PIERROT, ARLEQUIN, COLOMBINE, A VOS SOUHAITS, MARCHANDE DE POMMES-GLACIERS.

CORTÉGE.

(La marche est ouverte par Bataillard, qui conduit le cortége avec une canne de tambour-major. — Le Lyrique est représenté par Orphée, la Chatte Merveilleuse, et un Dragon des Dragons de Villars. — Le Cirque par trois personnages de Rothomago. — La Gaîté par Chopart, debout sur une charrette à bras chargée de meubles et d'accessoires, traînée par Dubosq et poussée par Fouinard. — Les Folies sont représentées par trois canotiers. — Les Funambules par Pierrot, Arlequin et Colombine. — Les Délassements par A vos Souhaits, le Plat du jour et Paris Journal. — Le Lazari, une marchande de pomme et un glacier à deux liards le verre forment la marche. — Les principaux personnages portent une bannière rappelant le nom du théâtre et ses principaux succès. Musique.)

LE PUNCH. Les voilà... les voilà bien tous!...

BATAILLARD. Oui... mes vieux camarades qui consentent à abandonner leur berceau...

LE PUNCH. Mais puisque c'est la consigne...

BATAILLARD. Je ne connais pas cette consigne-là...

AIR : *des Comédiens.*

Quoi déserter le boulevard du Temple!
Lorsque pour lui plaide un si long passé..
Tas de peureux! je vous prêche d'exemple
Notre renom, peut-il être effacé!...
Joyeux séjour où samusaient nos pères,
Je te défends envers et contre tous;
Tes souvenirs, tes gloires, tes misères,
Devant mes yeux se donnent rendez-vous.
C'est le début... écoutez la parade,
Le grimacier monte sur son tréteau...
Voici Paillasse, un joyeux camarade,
Et Janot... bête à couper au couteau.
Chez Nicolet plus tard accourt la foule,
Pour applaudir les grands danseurs du roi,
Le beau Dupuis règne... le temps s'écoule,
Et la Gaîte s'élève au même endroit.
Cet Arlequin, c'est Lazari, ce mime,
C'est Deburau, le Pierrot regretté...
Au Cadran-Bleu, Désaugiers chante et rime...
Et la Saqui, le soir, danse à côté.
Entrez, messieurs, mesdames, on désire
Votre présence au salon Curtius,
Vous y verrez tous nos grands rois en cire,
Pépin le Bref, Mirabeau, Romulus...
L'hôtel Foulon renfermait plus d'un bouge,
Mais le Théâtre-Historique est créé;
Reine Margot, Hamlet et Maison Rouge,
Et le niveau de l'art est relevé.
Et maintenant, on nous pousse, on nous chasse,
Et vous partez sans le moindre regret...
Le peuple, lui, saura sur votre place
Ecrire : Ici, jadis on s'amusait.
Pour lui, c'était la foire des théâtres,
Il y viendra, tout triste, errer demain...
Que j'en ai vu, spectateurs idolâtres,
Vivre de quoi? de spectacle et de pain...
Vieux Boulevard, toi si longtemps célèbre...
Va! quel que soit ton prochain avenir,
Je n'ai pas dit ton oraison funèbre...
Car tu vivras dans notre souvenir.

REPRISE ENSEMBLE.

Quoi! déserter le boulevard du Temple
Lorsque pour lui, plaide un si long passé...
Réveillez-vous! je vous / Réveillons-nous! il nous prêche d'exemple...
Notre renom ne peut être effacé!...

LA GAITÉ. C'est vrai... il a raison.

TOUS. Il a raison!...

BATAILLARD. Eh bien... puisque j'ai raison... faites comme moi, résistez... A bas les démolisseurs!...

TOUS. A bas les démolisseurs!...

SCÈNE II

LES MÊMES, PARIS.

PARIS. Qu'entends-je!...

TOUS. La ville de Paris...

PARIS. Oui, ingrats! la ville de Paris, qui, en échange de masures incommodes, de théâtres impossibles, vous donne des salles immenses, monumentales... la ville, qui vous apporte l'air, la vie, la lumière!... Qui t'envoie dans le palais de la place du Châtelet, toi, vieux grognard?... Qui te met dans une merveille, théâtre de la Gaîté... Qui remplace à tous, votre vieux boulevard par ceci?... voyez... (Changement)

SIXIÈME TABLEAU

(Le nouveau boulevard du Prince-Eugène, vu du boulevard du Temple.)

CHŒUR.

AIR : *de Duvivier.*

Du jour, de l'air, de l'espace,
C'est la santé, c'est le travail;
L'espérance est au gouvernail...
Salut!... c'est le progrès qui passe...

ACTE DEUXIÈME

SEPTIÈME TABLEAU

Les Suissesses du bois de Boulogne

Le bois de Boulogne. Tables et chaises rustiques. Écriteau portant : Laiterie suisse du bois de Boulogne. Ouverture. Entrée d'un châlet à droite.

SCÈNE PREMIÈRE

GESSLER, GUILLAUME-TELL. Gessler, en costume suisse, entre en scène, en jouant le ranz des vaches avec une corne dans laquelle il souffle.

GUILLAUME-TELL, dans la coulisse. Gessler!... Gessler!... (Sortant du Châlet.) Comment!... tu es là... et tu ne me réponds pas...

GESSLER. Tiens... c'est vrai... J'oublie toujours que je ne m'appelle plus Auguste...

GUILLAUME-TELL. Tu te nommes Gessler... l'infâme Gessler, l'oppresseur de la Suisse... et moi Guillaume-Tell... son libérateur.

GESSLER. Bien, patron.

GUILLAUME-TELL. Eh bien... le Ranz des vaches... ça marche-t-il peu?...

GESSLER. Ça commence.

GUILLAUME-TELL. Et la Tyrolienne... les ou-lou-la, ou...?

GESSLER. Oh! la Tyrolienne... J'en pince à se croire dans le Tyrol...

GUILLAUME-TELL, se frottant les mains. Bravo!... très-bien... A propos, a-t-on apporté mon arbalète?

GESSLER. Votre arbalète?...

GUILLAUME-TELL. Oui, tu sais bien... (Il fait le geste de tirer.)

GESSLER. Ah! votre fusil

GUILLAUME-TELL. Tu n'as pas la moindre idée de la couleur locale... En Suisse, les fusils s'appellent des arbalètes.

GESSLER. Ah! je ne savais pas... Oui, patron... elle est dans la cabane...

GUILLAUME-TELL. La cabane... Pas de couleur locale pour deux sous... le châlet...

GESSLER. Oui, patron...

GUILLAUME-TELL, regardant à sa montre. Midi... Va traire la vache... et préviens-la de ton arrivée en soufflant dans ta corne...

GESSLER. Oui, patron... (Il entre dans le chalet, en jouant le Ranz des vaches.)

SCÈNE II

GUILLAUME-TELL. Allons! allons! mon idée se développe; elle prend du ventre... Et quelle idée!... Figurez-vous que, depuis cinq ans... j'étais suisse, rue du Mont-Blanc... Je tirais le cordon à mes concitoyens... L'été dernier, j'entends parler du succès qu'obtient le Chalet des Iles... avec sa laiterie... Crac... il me pousse une idée... oh! mais une de ces idées... qui ne serait pas venue à une mère... Les Parisiens aiment la Suisse... me dis-je... pourquoi ne leur flanquerai-je pas un peu d'Helvétie... Aussitôt j'achète ce chalet... je change mon nom de Gros-Boulot en celui de Guillaume-Tell... j'habille mon groom en Gessler... et je fais demander par les journaux une douzaine de Suissesses... garanties... Je les attends aujourd'hui... grande vitesse...

AIR :

Aujourd'hui tout marchera bien.
Grace à ces charmantes compagnes,
Saint-Cloud et le mont Valérien
Joueront les rôles de montagnes.
Parisien, comme chaque jour
Avec tes lazzi tu nous bernes...
Mais j'vais te fair' prendre à mon tour,
Moi, l'Hévéti' pour les lanternes.

(Regardant en l'air.) Pourvu que le temps ne contrarie pas mon ouverture... (Tirant un petit livre de sa poche.) Consultons monsieur Mathieu Laensberg de la Drôme... un savant sur lequel on peut compter... (Lisant.) « Juillet 1862... Pluie torrentielle... » Je suis tranquille, il fera beau. — Règle générale... quand monsieur Mathieu Laensberg de la Drôme annonce la pluie... Il y a bien encore une chose qui me chiffonne, c'est le voisinage du Pré-Catelan... Il m'envoie souvent des bouffées d'orchestre... des polkas, des quadrilles qui manquent de couleur locale en Helvétie... mais bah!... mes Suissesses répareront le mal... (Ritournelle, et bruit dans la coulisse.) Justement mes colis qui arrivent... c'est-à-dire mes nouvelles pensionnaires... (Entrent plusieurs jeunes filles en costumes suisses élégants.)

SCENE III

GUILLAUME-TELL, KATY, NANA, GENEVOISE, BERNETTE, ZADINE, ROSCHEN.

ENSEMBLE.

AIR : *Polka des vieilles gardes*,

Ya, ya, ya, ya,
En Vrance nous foilà
Ce pays-là
Nous jarmera;
Ya, ya, ya, ya,
En Vrance nous foilà,
Jacun dit : oh!
Les jarmantes jung fraü!...

GUILLAUME-TELL, les regardant avec satisfaction. Sont-elles assez nature! mes demoiselles.

KATY. Il n'y a que moi, mein herr, qui barle vrançais... sans accent... aussi che brends la barole...

GUILLAUME-TELL. Le fait est qu'elle n'a pas d'accent...

TOUTES, saluant. Ya, mein herr...

GUILLAUME-TELL. Ce sont des Allemandes... on ne m'a pas trompé, mesdemoiselles...

TOUTES, saluant. Ya, mein herr...

GUILLAUME-TELL. Oui... c'est convenu... Mesdemoiselles, avez-vous déjà servi?

TOUTES. Vous dites?

GUILLAUME-TELL. Vous ne comprenez pas... servir... mettre le couvert...

TOUTES, riant. Ah!... ah!... ya... ya... ya!...

GUILLAUME-TELL. Très-bien... elles sont gaies... Mesdemoiselles... vous m'avez été garanties un an...

TOUTES. Ya, mein herr.

GUILLAUME-TELL. De mon côté, je me suis engagé à vous renvoyer intégralement dans vos cantons respectifs.

TOUTES. Ya!... ya!...

GUILLAUME-TELL. Donc, voici mes recommandations... Soyez polies avec les consommateurs; n'oubliez jamais de leur demander leur argent... Pas d'argent, pas de Suisse.

TOUTES. Ya!... ya!...

GUILLAUME-TELL. Et ne rentrez jamais après dix heures.

TOUTES. Oh!...

GUILLAUME-TELL. Il y aura des permissions de spectacle pour celles qui en auront besoin.

TOUTES. Ya!... ya!...

GUILLAUME-TELL. On ne va pas tarder à arriver... à vos tables... Moi je vais mettre une corde à mon arbalète...

KATY. Choucroutindes, Crompire, Dusseldorf...

GUILLAUME-TELL. Vous dites?

GENEVOISE. Baden d'Armstadtt... ran tan plan, hoffmane!...

GUILLAUME-TELL. C'est convenu... je ne comprends pas un mot... mais j'en suis ravi... (Il rentre dans le chalet en criant.) Gessler... infâme Gessler...

SCÈNE IV

LES MÊMES, moins GUILLAUME-TELL.

TOUTES, riant. Ah!... ah!... ah!...

KATY. Chut donc... s'il nous entendait...

NANA. Bah! il est rentré...

GENEVOISE. Enfoncé, le bourgeois...

BERNETTE. Dire qu'il nous prend pour des Suissesses...

ZADINE. Au fait, que nous manque-t-il?... nous avons des nattes... un costume bariolé...

ROSCHEN. Nous disons ya mein herr...

KATY. S'il savait que ses Allemandes sont tout simplement des figurantes en disponibilité...

NANA. La fine fleur du quadrille.

GENEVOISE. Et des petits soupers que la démolition du boulevard du temple a démolies... Oh! ces maçons, ils ne respectent rien... pas même le sexe.

BERNETTE. Mesdemoiselles, voilà Genevoise qui éreinte les Limousins.

GENEVOISE. Me forcer à faire la Suissesse moi!... si Adolphe savait cela!

KATY. Qu'est-ce que c'est que cet Adolphe-là?

GENEVOISE. C'est un cousin qui m'a plantée là la semaine dernière à cause de la nouvelle ordonnance.

NANA. Quelle ordonnance?

GENEVOISE. Comment, vous ne savez pas? une ordonnance qui défend d'élever à Paris des poules, des coqs et des biches?

TOUTES. Des biches!

GENEVOISE. Hélas! oui, et l'on va même plus loin.

AIR : *Voltaire chez Ninon.*

Pour nous ruiner complétement,
On nous défend en mots honnêtes
D'él'ver à Paris maintenant
N'importe quell's sortes de bêtes.
Rien : plus de coqs, plus de dindons ;
Nous n'avons plus l' droit, ma charmante,
Hélas! d'élever des pigeons,
Et d' nous en fair' trois mil' francs d' rente

ZADINE. Plus de pigeons, mais c'est une horreur!

TOUTES. Une infamie!

KATY. Chut! mesdemoiselles ne nous trahissons pas, et puisque nous sommes Suissesses, soyons des Suissesses consciencieuses.

ROSCHEN. Ah çà!... qu'est-ce qu'on va nous faire faire ici?...

BERNETTE. Dame!. . nous le verrons bien.

KATY. Si ça nous ennuie, nous lâcherons la Suisse... en attendant, mesdemoiselles, rengainons nos entrechats... remisons nos pastourelles, et, jusqu'à nouvel ordre, soyons des Suissesses modèles...

AIR : *Polka du docteur Tam-Tam.*

C'est convenu,
C'est entendu,
Soyons ici
De Chamouny
Ou bien d'Uri.
Oui, soyons de tout ce qu'on voudra,
A condition qu'on nous hébergera.

KATI.

Oublions toutes nos promesses,
Devenons d'aimables Suissesses!...

NANA.

Laissons Paris,
Ce paradis;
Plus de cliquot,
Plus d' casino,
F' sons nos adieux
Aux pas joyeux...

REPRISE.

C'est convenu,
C'est entendu,
Etc.

GENEVOISE.

Distinguons-nous par la décence,
Donnons au ranz la préférence.

BERNERETTE.

Plus d'laï-tou,
Que l' la ou
Soit not' refrain
Soir et matin,
Chantons en sol
Comme au Tyrol.

REPRISE.

C'est convenu,
C'est entendu,
Etc.

ZADINE, qui est remontée. Oh! mesdemoiselles... des étrangers...

KATY. A nos rôles... attention...

SCÈNE V

LES MÊMES, LE PUNCH, LE CHARIVARI.

LE CHARIVARI. La laiterie suisse, S. V. P!...

KATY. C'est ici... mein herr.

LE PUNCH. Et c'est à des habitantes en vrai de l'antique Helvétie que nous avons l'honneur de parler?...

TOUTES. Ya!... ya!...

LE PUNCH. Mais là... parole d'honneur?...

KATY. Parole d'honneur... (A part.) qu'est-ce qu'il a donc, celui-là?

LE PUNCH. Nous allons le savoir... je parle allemand comme *Schiller* et *Goëthe*...

LE CHARIVARI. Et moi aussi... (Aux femmes.) Mon père était bottier... c'est tout vous dire...

LE PUNCH, à Katy. Will you speek english?...

KATY. Choucroutmann, crompire, Dusseldorf, ya mein herr, mein Gott...

LE PUNCH. Parfait... nous vous comprenons...

CHARIVARI, à Mina. Conè la passa ousté...

MINA. Ya mein herr...

LE PUNCH. Très-bien... et de quel canton êtes-vous?...

NANA. Moi... d'Asnières...

TOUTES, vivement. Mann...

MINA, se reprenant. Asnières, Mann...

LE CHARIVARI, à Katy. Et mademoiselle?...

KATY. Moi... je suis née à Uri...

LE PUNCH. A Uri... (Galamment.) On ne s'en douterait pas... et vous venez à Paris vendre du lait?...

KATY. Oui, monsieur...

LE PUNCH. D'où le tirez-vous?...

GENEVOISE. Du canton de Vaud...

LE PUNCH. Naturellement... du lait de...

ROSCHEN. Mesdemoiselles... voici la foule qui arrive...

KATY. A vos tables, mesdemoiselles... (Des consommateurs des deux sexes entrent en scène.)

SCÈNE VI

LES MÊMES, CONSOMMATEURS, GUILLAUME-TELL, puis GESSLER.

CHOEUR.

AIR : *Ritournelle de l'Ours et le Débardeur.*

C'est aujourd'hui jour d'ouverture,
Et de Paris nous accourons
Pour voir vos vallons,
Vos lacs et vos monts ;
Car de la nature
Nous sommes tous
Fous.

GUILLAUME-TELL, entrant, habillé en Guillaume-Tell. Messieurs, mesdames... (On se place, les Suissesses vont et viennent.)

LE PUNCH. Bigre!... Guillaume-Tell... Flattons-le... (Chantant.)

O ciel, tu sais si Mathilde m'est chère !

GUILLAUME-TELL, à part, étonné. Il me tutoie... (Haut.) Pardon, monsieur... que désirez-vous?...

LE CHARIVARI. Quel est le plat du jour...?

GUILLAUME-TELL. Voici la carte... œufs à la neige...

LE PUNCH. C'est un peu froid...

GUILLAUME-TELL. Grog à l'avalanche...

LE CHARIVARI. Oh ! l'avalanche... J'aime pas bien ça...

GUILLAUME-TELL. Lait... avec orage dans la montagne...

LE PUNCH. Ça m'irait assez... un orage dans la montagne...

LE CHARIVARI. Moi aussi... ça me fait peur... mais, ça m'amuse...

GUILLAUME-TELL, criant. Lait pour deux... avec orage dans la montagne...

LE PUNCH. Pour un...

LE CHARIVARI. Ça suffira...

LE PUNCH. Seulement... recommandez-le.. qu'il soit... copieux...

GUILLAUME-TELL. Soyez tranquilles... on vous sert... (Le Punch et le Charivari se mettent à une table... Katy apporte une tasse de lait ; aussitôt l'obscurité se fait. Des éclairs brillent... Le tonnerre gronde.)

CHOEUR.

AIR *de Robert le Diable.*

C'est la pluie,
La furie,
La foudre et les éclairs;
C'est l'orage
En sa rage,
Qui déchirent les airs.

(La foudre éclate avec fracas. Tout le monde pousse un cri. Le Punch tombe à la renverse, le jour revient.)

LE PUNCH, se relevant. Tu n'es pas blessé, mon pauvre Charivari?

LE CHARIVARI. Non... seulement... j'ai eu peur...

GUILLAUME-TELL. L'orage est passé... vous pouvez boire votre lait...

LE PUNCH. Tiens!... il est tourné...

GUILLAUME-TELL. C'est l'orage... voulez-vous autre chose?

LE CHARIVARI. Je mangerais bien une pomme...

GUILLAUME-TELL, prenant son arbalète, criant. Pomme pour un... (Entre un petit Suisse, les yeux bandés et portant une pomme sur la tête.) Je vais vous la cueillir moi-même...

LE PUNCH. Avec votre arbalète...?

GUILLAUME-TELL. C'est l'usage... En Suisse nous cueillons toujours les pommes avec une arbalète... (Visant.) Seulement, il faut être adroit... une... deux... (Le coup part et la flèche atteint le Punch dans l'œil.)

LE PUNCH, criant. Oh ! la! la !...

CHOEUR.

AIR : *de Duvivier.*

Oh ! la belle prouesse !
Ce que c'est que l'orgueil !
Il vient, avec adresse,
De lui crever un œil.

LE CHARIVARI. Ça ne sera rien... je vais te souffler dedans...

GUILLAUME-TELL. C'est le vent qui a fait dévier la flèche... je vais recommencer...

LE PUNCH. Je m'y oppose...

LE CHARIVARI. Non... donnez-nous simplement deux demi-tasses... sans arbalète...

GUILLAUME-TELL. Avec tyrolienne ?

LE CHARIVARI. Non.... avec petit verre...

LE PUNCH. Tyrolienne et petit verre... panaché...

GUILLAUME-TELL, appelant. Gessler ! infâme Gessler !...

GESSLER entrant. Voilà, patron...

GUILLAUME-TELL. Tyrolienne... au deux...

GESSLER. Boum !... (Tyrolienne chantée par Katy... Pendant ce temps, on á servi deux demi-tasses que Punch et Charivari ont consommées... après la tyrolienne.)

TYROLIENNE.

KATTI.

AIR : *Jugement de Paris.*

Le Tyrol c'est la terre
Des faciles flons flons,
La musique légère
Court les bois et les monts
On chante avec la brise,
Et la tempête itou
Le soir on s' gargarise,
Avec un air de laïtou
La, la, la, la,

II

Chez nous la tyrolienne,
Est le chant national
Tout l' monde à perdre haleine,
La dit tant bien que mal,
Le vieillard la répète,
Tout courbé vers le sol
Et l'enfant que l'on fouette
Pleurniche en mi bémol,
La, la, la, la.

TOUS. Bravo!... bravo!...

LE PUNCH. Pardon... comme supplément, je vous demanrai une valse...

GUILLAUME TELL. Attention, mesdemoiselles... valse pour deux... (Les deux jeunes filles se mettent à valser pendant que Guillaume-Tell et Gessler se mettent à chanter la valse de Guillaume-Tell.)

GUILLAUME ET GESSLER.

Toi que l'oiseau ne suivrait pas.
Ah ! ah ! ah! ah!

(Mais, bientôt, l'orchestre joue le galop du quadrille la *Reine Topaze.* Tous s'arrêtent.)

LE PUNCH. Qu'est-ce que c'est que ça?

GUILLAUME-TELL. C'est l'orchestre du Pré-Catelan qui fait des siennes!... La valse mesdemoiselles... la valse... (Chantant.)

Toi que l'oiseau ne suivrait pas...

(Mais, l'orchestre couvre sa voix... Les jeunes filles recommencent à valser, puis, se laissent aller à suivre le mouvement du quadrille, en se mettant à danser.)

GUILLAUME-TELL, désolé. Ce n'est pas ça, la valse...

KATTY, dansant. Enfoncé Guillaume-Tell...

GUILLAUME-TELL. Des suissesses de Chaillot!... (Tombant sur une chaise.) Ah! je suis ruiné!

KATTY. Au galop!...

TOUS. Au galop!...

(Le Punch et le Charivari, prennent deux suissesses et se mêlent au galop général... Tableau animé.)

Changement.

HUITIÈME TABLEAU

L'Hotel du Cirque

Une chambre à deux lits. — Portes-fenêtres praticables. — Table de nuit, chaises, etc.

SCÈNE PREMIÈRE

LE PUNCH, LE CHARIVARI, LA DAME DE L'HOTEL, CASIMIR, portant les bagages du Punch.

LA DAME, entrant. Par ici, messieurs, par ici...

LE PUNCH. Et nous sommes?

LA DAME. Dans le nº 17, la chambre à deux lits... c'est celle qui est le plus près du théâtre... tenez, immédiatement sous le plancher, se trouve le plafond lumineux.

LE PUNCH. C'est renversant! un hôtel dans le théâtre du Châtelet. Qu'est-ce que tu en dis, Charivari?

LE CHARIVARI. Dame!... je dis qu'il fallait bien te montrer le nouveau Cirque et ses aménagements, puisque tu as vu l'ancien... quand ce ne serait que pour te prouver que le vieux grognard avait tort de se plaindre.

LE PUNCH. Je ne lui avais pas donné raison... remarquez... Par ainsi, belle dame,... cet hôtel fait partie du théâtre même?

LA DAME. Oui, monsieur.

LE PUNCH. Mais on arrivera à en faire des villages de ces salles de spectacles.

LA DAME. On commence déjà, nous avons deux cents boutiques, un établissement de bains, un hôtel.

LE PUNCH. Et un hospice pour les vieillards?

LA DAME. Pas encore.

AIR :

Vrai, j'admire ce nouveau mode,
Renfermer tout dans un endroit,
D'abord c'est vraiment très-commode,
Pas besoin de sortir de chez soi,
On a tout sous la main : j' parie
Qu'avant peu même l'on aura,
Monsieur le maire et sa mairie,
A domicile on s' marira...

LA DAME. Prenez-vous cette chambre?

LE PUNCH. Non, merci... si ça vous est égal, nous prendrons celle qui est près du Théâtre Lyrique... On joue justement *Orphée* ce soir... nous pourrons dormir tranquilles.

LA DAME. A votre aise, d'autant plus que celle-ci est retenue par deux voyageurs, un monsieur et une dame.

LE PUNCH. Mariés?

LA DAME. Monsieur! nous avons des principes.

LE PUNCH. Ah! c'est que quelquefois, vous savez, à Paris, les femmes exigent qu'on les mène à l'autel, et alors, quand on ne sait pas l'orthographe...

LE CHARIVARI. Punch! qu'est-ce que c'est?

LE PUNCH. C'est une facétie... allons dormir. (Prenant ses bagages à Casimir.) Permettez, jeune homme, madame, bien le bonsoir.

LA DAME. Je vais vous conduire.

LE PUNCH. Trop aimable. (Au Charivari.) Elle est très-bien cette dame-là!

LE CHARIVARI. Eh bien, encore!

LE PUNCH. Ah! non, ça n'est pas ce que tu crois... vrai.

ENSEMBLE.

AIR : *de Duvivier.*

Gagnons / Gagnez votre lit,
La nuit est prochaine,
Plus de phrase vaine,
Bonsoir, bonne nuit.

SCÈNE II

CASIMIR, seul, puis GUGUSTE.

CASIMIR. Ils ne l'ont pas prise, j'en étais sûr... en voilà une chambre que j'aime bien, moi... Personne n'en veut, elle est trop près du théâtre, ça gêne pour rêver, et puis qu'est-ce qu'aurait dit mon camarade Guguste, si on n'y avait pris son lit. Ah! ah! à propos de Guguste, il me semble qu'il est en retard aujourd'hui.

GUGUSTE, en dehors. Brrr...

CASIMIR. Ah! j'entends son galoubet.

GUGUSTE, à la fenêtre. Peut-on entrer?... il n'y a pas de gêneur?

CASIMIR. Aucun!

GUGUSTE. Alors, une, deux... (Il saute.) Messieurs et mesdames... mes hommages, Guguste dit Bibi pour vous servir.

AIR : *Sans retard détalons* (Délassement en vacances).

Regard épanoui
Oui,
Voici
Bibi,
Le titi,
Le fifi,
Le gamin fini,
Puisque l'art,
Sans égard,
Fuit le boulevard,
J'ai filé comm' lui sans retard.
Café d' la Gaîté,
Je semais l'été,
Des fleurs plus ou moins fraîches,
Galant messager,
L'hiver v'nait m' charger,
D'amoureuses dépêches;
J' vendais un numéro,
Moins cher qu'au
Bureau.
En plaçant un fauteuil,
Je vantais l' coup d'œil,
J' tenais des éventails,
J' donnais des détails,
Sur les brebis de nos bercails,
Puisqu'enfin hélas!
On chass' les Délass'
Le Cirque et le Lyrique,
Il faut bien qu'ici,
Je m' transplante aussi,
Mais en changeant d' tactique.

(Parlé.) Aussi j'ai monté d'un cran... plus de courtage en contremarques... plus d'operations sur les bouts de cigares... plus de truc à la jeune première...

CASIMIR. Qu'est-ce que c'est que ça?

GUGUSTE. Une invention à moi, qui a fait longtemps vivre son inventeur... Monsieur... que je disais à un fils de famille qui avait l'air d'avoir bon cœur... mademoiselle Mélanie joue ce soir... j'en suis fou... donnez-moi cinquante centimes pour aller la voir... ou je fais un malheur... Le monsieur me regardait; je prenais une pose à l'Armand Duval, le cheveu au désespoir et il lâchait ses dix sous... Merci, mon seigneur... si je l'épouse je vous inviterai à la noce et quand j'en avais mis une dizaine comme ça à contribution, je répétais en faisant sonner mes cinq balles...

Regard épanoui,
Oui,
Voici,
Bibi,
Le fifi,
Le titi,
Le gamin fini

CASIMIR. Satané farceur!...

GUGUSTE. Maintenant ce n'est plus ça... j'ai une position... repousseur en cuivre et, le soir, figurant au Cirque du Châtelet... Autrichien dans le *Marengo* de M. Dennery.

CASIMIR. *Marengo* successeur de *Rothomago*?

GUGUSTE. On a changé *Rothoma*. en *Maren*... ça n'est pas plus malin que ça... Mais comme je suis à l'atelier depuis six heures du matin jusqu'à six heures du soir et que j'ai une heure à moi pendant qu'on tue M. Jenneval, je viens faire un somme dans cette chambre qui touche au cintre! avec ta permission, s'entend.

CASIMIR. Et tu l'as entière, camarade... faut bien s'aider.

GUGUSTE. Là-dessus... je vas me déguiser en Kinserlick. Voilà le carillon du régisseur... je vas me faire rosser par les Français! à te revoir! Casimir.

CASIMIR. Adieu Guguste!

ENSEMBLE.

AIR : *de Duvivier.*

Quand tinte la cloche,
Je pars / V'a-t-en subito,
Le moment approche, / De lever le rideau, (*bis.*)

(Guguste sort par la fenêtre par laquelle il était entré.)

CASIMIR. Il a tout de même de la chance d'avoir un ami garçon à l'hôtel du *Cirque*... et un ami pas fier... car enfin... c'est qu'un repousseur en cuivre qui obéit à la cloche... il est vrai que moi j'obéis aux sonnettes! oh! les sonnettes... voilà un instrument que je porte peu dans mon cœur, quand je l'entends, j'ai des envies de me faire photographe...

LA MAITRESSE D'HOTEL, entrant. Par ici, monsieur et madame...

SCÈNE III

LES MÊMES, POPINCOURT, ERNESTINE.

POPINCOURT, *une malle à la main, il chante.*

Qu'on est heureux de trouver en voyage
Un bon souper et surtout un hon lit!

(*Parlé.*) Entre, bobonne!

ERNESTINE, *entrant.* Voilà Alfred! c'est ici notre chambre?

LA DAME. Oui, madame... celle que vous avez retenue.

POPINCOURT. Nous y serons tranquilles... nous tenons à être tranquilles, d'abord.

LA DAME. Vous le serez.

ERNESTINE. Tant mieux, car je tombe de sommeil.

POPINCOURT. Ma femme est une sensitive... Ernestine, tu es une sensitive... un rien la fatigue et lui fait peur... un voyage en chemin de fer et la voilà énervée... moi, tout le contraire.

ERNESTINE. Madame n'a pas besoin de savoir...

POPINCOURT. C'est juste. Eh bien, nous prenons cette chambre...

CASIMIR, *à part.* Sapristi! et Guguste!

POPINCOURT. Rien n'y manque... des tables nocturnes, des sonnettes...

CASIMIR, *à part.* Compte sur les sonnettes, je vais y mettre bon ordre...

POPINCOURT. Il ne nous reste plus, madame, qu'à vous présenter nos devoirs... Bobonne présente tes devoirs à madame.

LA MAITRESSE, *présentant un registre.* Voulez-vous bien mettre vos noms sur le registre de l'hôtel...

POPINCOURT. Parfait... ce soin nous est une garantie, il nous prouve que nous sommes dans une maison sûre... (*Ecrivant sur le registre.*) Monsieur et madame Popincourt, sapeur-pompier à Pithiviers, Loiret... bon! j'ai fait un pâté sur Phitiviers.

LA MAITRESSE. Bonne nuit, monsieur, madame.

POPINCOURT. Bonne nuit, charmante hôtesse...

ERNESTINE. Eh bien?

POPINCOURT. C'est le chemin de fer, fais pas attention.

ENSEMBLE.

AIR : *de Duvivier.*

Laissez-nous,
Laissons-les car voici l'heure
De sommeiller à propos,
Cette tranquille demeure,
Nous
Leur assure le repos.

(*La Maîtresse d'hôtel et Casimir sortent.*)

SCÈNE IV

POPINCOURT, ERNESTINE.

POPINCOURT. On est très-bien ici : quel calme, quelle tranquillité... il n'y a que le Paris rajeuni pour avoir de pareils hôtels... (*Ouvrant la fenêtre du fond.*) Et quelle jolie vue!... des quais déserts, une solitude charmante... ici la chambre des notaires... là le palais de justice... Ernestine, la justice veille sur nous... Tiens! tu as de jolies épaules.

ERNESTINE, *qui a commencé à se déshabiller.* Ferme la fenêtre, Alfred, et ne t'occupe plus de moi...

POPINCOURT, *après avoir fermé.* Ne pas s'occuper de sa petite fa-femme, de sa légitime... quand nous goûtons les douceurs du tête-à-tête... veux-tu chanter un duo?

ERNESTINE. Ah! tu me chatouilles...

POPINCOURT. Voilà encore que tu fais ta sensitive... Viens t'asseoir près de ton petit mari, viens dans mes bras, je suis ton fauteuil et tu es ma bergère.

AIR : *Petit oiseau.* (Amat.)

Auprès de moi reste, bobonne,
Reste un instant, pour deviser,
Et puis après fais-moi l'aumône,
Fais-moi l'aumône d'un baiser.

ERNESTINE.

Voyons, Alfred, voyons, sois sage...

POPINCOURT.

T'aimer n'est-il pas mon devoir?

ERNESTINE.

Nous avons dix ans de ménage...

POPINCOURT.

Je puis bien te dire bonsoir...

ERNESTINE.

Disons-nous donc tous deux bonsoir.

POPINCOURT.

Auprès de moi reste, bobonne,
Reste un instant pour deviser,
Et puis après fais-moi l'aumône,
Fais moi l'aumône d'un baiser.

Tu veux bien?

ERNESTINE, *minaudant.* Ne vous dois-je pas obéissance?

POPINCOURT, *joyeux; il essuie sa bouche, va pour embrasser sa femme lorsqu'une charge battue brusquement au dehors sur un tambour le fait rester en suspens.*

AIR : *du pas redoublé.*

Que veut dire ce rantanplan,
Et pourquoi ce tapage?
Qui vient ainsi, tambour battant
Troubler notre ménage?
Au diable le trouble-plaisir!
Tambours, passez au large,
La charge vient de retentir,
Quelle mauvaise charge!

(*Le tambour a cessé.*)

ERNESTINE. Cette maison si tranquille... Alfred, qu'est-ce que ça peut bien être?

POPINCOURT. Il y a quelquefois des écoles de tambour sous les ponts...

ERNESTINE. Mais le soir?...

POPINCOURT. Il battait peut être la retraite...

ERNESTINE. Je ne sais pas... mais...

POPINCOURT. Voyons, sensitive... ne vas-tu pas avoir peur... (*Bruit de clairon.*)

ERNESTINE, *se levant.* Hein?... le clairon maintenant!

POPINCOURT, *même jeu.* Ça n'est pas clair...

ERNESTINE. Quel drôle de quartier!...

POPINCOURT. Serait-ce un quartier de cavalerie?

ERNESTINE. Cette fanfare m'effraye.

POPINCOURT. Calme-toi, ne suis-je pas pompier à Pithiviers? J'ai souvent vu le feu... ainsi... (*Il ouvre la fenêtre, le clairon cesse.*) Plus rien... le quai est toujours aussi désert... trop désert même et puis ce voisinage... hum! la solitude est la mère de l'inquiétude, dont l'isolement est le cousin germain.

ERNESTINE. Ça te plaisait tout à l'heure.

POPINCOURT. Je ne dis pas non, mais...

AIR :

J'aime fort peu le palais de justice,
Avec ses tours et son dôme au milieu;
Aux malfaiteurs ce quai semble propice,
Et j'aperçois tout là-bas l'Hôtel-Dieu,
Presqu'à nos pieds sous sa vague éternelle,
La Seine, hélas! au temps jadis roulait,
Les cavaliers morts à la tour de Nesle,
De Dumas père et M. Gaillardet.

ERNESTINE. Et tu appelles ça me rassurer...

POPINCOURT. On n'entend plus rien... c'était quelque marchand de robinets en contravention... couchons-nous.

ERNESTINE, *se couchant.* M'y voilà.

POPINCOURT, *entrant dans l'autre lit.* Moi aussi... Tu n'as pas froid aux pieds?

ERNESTINE. Non... Je crois que je vais bien domir.

POPINCOURT. Je nourris aussi cet espoir... mais si tu avais froid aux pieds.... par hasard...

ERNESTINE. Bonsoir, Alfred.

POPINCOURT. Bonne nuit, bobonne... Je puis éteindre?

ERNESTINE. Si tu veux... Bonsoir, je ne te réponds plus.

POPINCOURT. Enfin mettons l'éteignoir. (*On entend un coup de fusil.*) Hein?...

ERNESTINE. Quoi!...

POPINCOURT. Tu as entendu?...

ERNESTINE. Oui, un coup de fusil.

POPINCOURT. Je sais bien... mais non... ça ne peut pas être un... quelque gamin qui tire un pétard...

ERNESTINE. Ça devrait être défendu; j'en tressaille encore.

POPINCOURT. Cesse de tressaillir, c'est fini, dormons.

ERNESTINE. C'est égal, n'éteinds pas...

POPINCOURT. Le calme renaît, re-bonsoir.

ERNESTINE. Re-bonsoir Fre-fred. (*Musique. Quelques coups de fusils isolés, puis une fusillade complète. — Tambour, clairon. — Bataille du Cirque. — Popincourt et Ernestine sont sur leur séant, et écoutent effrayés. Quand le bruit a cessé.*) Alfred.

POPINCOURT. Bobonne.

ERNESTINE. Est-tu mort?...

POPINCOURT. A moitié.

ERNESTINE. Qu'est-ce que c'est que ça?...

POPINCOURT. Une pétarade... on fait le siége de l'hôtel... des brigands qui auront su que j'avais des crédits-mobiliers dans ma malle... Je disais bien que le quartier était désert, on vient nous attaquer...

ERNESTINE. Si c'était une attaque on entendrait des cris...

POPINCOURT. Silence, on parle...

UNE VOIX, en dehors. Misérable!... Je te trouve donc enfin... j'aurai ma vie ou tu auras la tienne...

AUTRE VOIX. Grâce!... grâce!...

LA PREMIÈRE VOIX. Pas de grâce pour le traitre... meurs donc. (Un coup de fusil suivi d'un cri.)

POPINCOURT, sautant en bas du lit. Ah! c'en est trop, à la garde!...

ERNESTINE, se levant. Tais-toi, Alfred... c'est nous désigner aux coups des assassins...

POPINCOURT. Je vais sonner le garçon... (Il tire le cordon.) Le cordon me reste dans la main.

ERNESTINE, tirant une autre sonnette. Moi aussi.

POPINCOURT. Tout était prévu.

ERNESTINE. Horrible complot!...

POPINCOURT. Laisse-moi... il faut que je sache...

ERNESTINE. Sans armes!

POPINCOURT. N'ai-je pas mon sabre dans ma malle?... (Il prend sa malle et en tire son sabre, puis son casque dont il se coiffe.)

ERNESTINE. Alfred, ne t'expose pas.

POPINCOURT. As pas peur.

AIR: *Luth galant.*

Dans nos foyers on nous attaque, hélas!
Je me transforme en vaillant guérillas,
Et je te défendrai dans ces lieux peu tranquilles.
Pas de vaines terreurs, de larmes inutiles,
Je mourrai sur ce seuil, ce sont mes thermopyles;
Je ne suis plus Alfred, je suis Léonidas.

(Il sort avec une bougie allumée, il en reste une autre.)

SCÈNE V

ERNESTINE, puis GUGUSTE.

ERNESTINE. J'ai la chair de poule, je grelotte... Quand je dirai à Pithiviers, qu'en plein Paris... Alfred... comme il est longtemps... mon Dieu cette lumière peut attirer quelqu'un, et je suis seule... (Elle souffle la bougie.)

GUGUSTE, en Autrichien entrant par la fenêtre près du lit de Popincourt. On a tué M. Jenneval... j'ai une heure à moi... faisons notre somme... J'ai repoussé pas mal de cuivre dans la journée, joué pas mal à la bataille ce soir; j'ai bien gagné de me reposer... (Il se couche.) Bonsoir, Guguste...

ERNESTINE. Il me semble qu'on a marché (On frappe.) Nous n'y sommes pas.

POPINCOURT, au dehors. C'est moi, bobonne.

ERNESTINE, Alfred! je ne suis pas veuve!... (Elle court lui ouvrir.) Je vous remercie, mon Dieu!

SCÈNE VI

ERNESTINE, GUGUSTE, couché POPINCOURT.

POPINCOURT, une bougie à la main. Rien.

ERNESTINE. Tu n'as rien vu?

POPINCOURT. Je suis entré dans la chambre à côté... le garçon d'hôtel dormait sur une chaise.

ERNESTINE. Il n'a donc rien entendu?

POPINCOURT. J'ai respecté son sommeil... J'ai trouvé une porte au fond du corridor, j'y ai frappé... on m'a répondu : il y a quelqu'un... j'ai respecté son...

ERNESTINE. De sorte que tu ne sais rien?

POPINCOURT. Rien... et pourtant cette fusillade, ces cris...

ERNESTINE, éternuant. Atchi!!...

POPINCOURT, effrayé. Ah! que c'est bête!

ERNESTINE. Je m'emrhume...

POPINCOURT. Que le bon Dieu te bénisse... voyons, remets-toi dans les draps de Morphée... nous avons eu un cauchemar en partie double.

ERNESTINE. Regagnons notre sommier... Belle fichue nuit!... (Elle se recouche.)

POPINCOURT. Nous étions si bien disposés à faire un nocturne à deux nez...

ERNESTINE. Le sommeil me gagne... espérons que cette fois... (Elle baille.)

POPINCOURT. Je l'espère dito. (Il se recouche.) Ah! qu'on est bien! je ne vais pas tarder à ronfler; c'est égal je vais coucher avec mon casque. (Guguste ronfle.) Tiens, je ronfle tout éveillé... que je suis serin! C'est Nestine... tu dors, bobonne? (Nouveau ronflement.) Hein? pour une sensitive, on dirait qu'elle a un ophicléide dans le nez... (Ronflement plus fort.) Fichtre! ça tourne au canon Amstrong... on jurerait que c'est dans mon voisinage. (Se penchant et regardant sous son lit.) Rien, rien que le... et cætera pantoufle. (Ronflement colossal; il se retourne.) Ciel! un homme!... un homme dans mon lit.. oh! un Autrichien! (Il descend du lit et court à celui d'Ernestine.) Bobonne! bobonne!

ERNESTINE, s'éveillant. Hein?... quoi?...

POPINCOURT. L'invasion.

ERNESTINE. Quelle invasion?

POPINCOURT. Les Autrichiens!

ERNESTINE. Tu est fou...

POPINCOURT. Lève-toi... je suis dans le cas de légitime défense... Ernestine, la patrie est en danger... viens défendre la patrie, tiens voilà un balai, moi mon sabre... (L'amenant près du deuxième lit.) Regarde!

ERNESTINE. Un homme blanc.

GUGUSTE. Aïe! ah! que c'est bête.

POPINCOURT, ERNESTINE, le tenant en respet, lui avec son sabre, elle avec son balai. Silence!

GUGUSTE. Qué qu'c'est ce que ça?

POPINCOURT. La vengence...

ERNESTINE. La justice...

POPINCOURT. Dont voici le glaive, Réponds, misérable, que signifiaient ces coups de feu?

GUGUSTE. Ces coups de feu, mais c'est...

POPINCOURT. Rends-nous compte de ta soirée.

GUGUSTE. Heure par heure?

POPINCOURT. Oui.

GUGUSTE. Eh bien, puisque ça vous amuse, à neuf heures trois quarts on a attaqué la maison.

POPINCOURT. L'attaque de la maison à neuf heures trois quarts!

ERNESTINE. C'est bien ça... on nous attaquait.

POPINCOURT. Et tu en étais?

GUGUSTE. Parbleu!

POPINCOURT. Il avoue sa complicité... J'espère que tu ne demanderas pas de circonstances atténuantes... brigand!...

ERNESTINE. Et les cris?

GUGUSTE. M. William et M. Jenneval...

POPINCOURT. Qui demandait grâce?

GUGUSTE, M. Jenneval.

POPINCOURT. Et vous n'avez pas eu pitié de ses larmes et de ses prières...

GUGUSTE. Dame! à dix heures son affaire était faite.

POPINCOURT. Infortuné Jenneval! continuez.

GUGUSTE. Et ce n'est pas fini, quelle heure est-il?

POPINCOURT. Il ose me demander l'heure... mais, malheureux, je suis armé!...

GUGUSTE. Il doit être onze heures et demie. On vient de tuer la fille de M. Jenneval.

ERNESTINE. Encore un meurtre! ah! je deviens folle!

POPINCOURT. Et ne pouvoir rien empêcher!

GUGUSTE. Onze heures trente-cinq, on tue sa mère.

POPINCOURT. Tais-toi, tais-toi buveur de sang! n'achève pas ton affreux programme.

GUGUSTE. Minuit moins vingt c'est l'incendie.

POPINCOURT. Alons, bon, on va nous rôtir...

ERNESTINE. Nous griller.

GUGUSTE. La victoire est gagnée... les morts ressuscitent, c'est l'instant de l'apothéose; on chauffe dar-dar le plafond lumineux, chauds! chauds! les becs de gaz... (Musique.) C'est égal vous m'avez fait manquer mon entrée.

POPINCOURT. Ah! mais, sapristi! ou sommes-nous donc ici?

LE CHARIVARI, entrant. Dans l'*hôtel du Cirque* où vous avez vu *Marengo*.

POPINCOURT. Nous avons été marengotisés! nous retournons à Pithiviers... et si jamais nous revenons à l'*hôtel du Cirque*, ce sera pour aller loger ailleurs! sauve qui peut! (Tout le monde se sauve. — Bruit de combat au dehors. Changement.)

NEUVIÈME TABLEAU

Le Pays des Lumières

SCÈNE PREMIÈRE

LE LAMPION, seul, une longue-vue à la main. Pauvre Lampion! en voilà un poste que m'a confié le lustre... Regarder dans la direction de Paris si je n'aperçois pas quelque messager qui vienne le redemander... comme si son temps n'était pas fini comme le mien. (Regardant.) Voyons, qu'est-ce que je distingue là?... Un caillou... le Gros-Caillou, sans doute... et plus loin les Invalides... Ah! ah! deux étrangers... ils viennent de ce côté... Est-ce que mon béta de patron aurait raison?...

SCÈNE II

LE LAMPION, LE PUNCH, LE CHARIVARI.

LE PUNCH. Le pays des lumières, if you please?

LE LAMPION. Vous y êtes?

LE CHARIVARI. Bon, mon ami Punch et moi, nous venons faire une visite de condoléance à feu le lustre.

LE LAMPION. Soyez les bienvenus... il sera enchanté de vous recevoir... Nous sommes si à plaindre!...

LE PUNCH. Vous aussi... Qui êtes-vous donc?

LE LAMPION.

AIR : *Ah! si l'on attaque Caïton.*

Je suis le lampion plaintif,
Je verse des larmes de suif,
On m'a détrôné de mon if,
Et mon malheur est décisif.

J'ai brillé d'un éclat très-vif,
Et mon regret rétrospectif,
Me rend pensif, méditatif,
Hélas! que n'est-il fugitif...
J'étais le signe distinctif
Du plaisir commémoratif.
On m'a dégommé sans motif;
Donc, oisif au superlatif,
Maladif et vindicatif,
Je vais errant comme le juif.

REPRISE.

Je suis / Voilà le lampion plaintif,
Je / Il verse des larmes de suif,
On m'a / l'a détrôné de son if.
Et mon / son malheur est décisif.

LE LAMPION. Ce n'est pas qu'au fond je m'en fiche... Je n'ai plus rien à faire, pas même à garder les démolitions, et je coule des jours heureux... mais enfin, pour la forme, j'ai l'air de gémir... regretter le passé, ça vous pose.

LE PUNCH. Et votre illustre maître?

LE LAMPION. Oh! lui... il gémit réellement... il ne peut pas se figurer qu'on renoncera au lustre... et, depuis les nouvelles coupoles lumineuses, il a une araignée dans le plafond... Le voici... prenez une figure de circonstance.

SCÈNE III

LES MÊMES, LE LUSTRE.

LE LUSTRE.

AIR : *l'Amiral Cornarini.* (Offenbach.)

N, i, ni, c'est donc fini,
Pauvre lustre! je suis banni...
D' la salle, salle, salle, salle...
Au théâtre l'on m'a dit,
Sans m'accorder l' moindre répit...
Détale, tale, tale, tale, tale,
Chez le public, c'est certain.
Voilà mon souvenir éteint...

TOUS.

Chez le public, c'est certain,
Voilà son souvenir éteint!

LE LUSTRE.

Mes services oubliés,
Que deviendront les chevaliers,
Du lustre, lustre, lustre, lustre?...
Hélas! plus d' succès nouveaux,
Si l' théâtre de leurs bravos...
Se frustre, frustre, frustre, frustre...
Chez le public, c'est certain,
Voilà mon souvenir éteint...

REPRISE.

Chez le public, c'est certain,
Voilà son souvenir éteint.

LE PUNCH. Ne le croyez pas, illustre Lustre... il est des gens qui, comme nous, ont gardé souvenance de vos beaux soirs.

LE CHARIVARI. Parbleu!... une fois, je vous ai reçu sur la tête...

LE LUSTRE. N'est-ce pas que j'étais beau, que j'étais brillant... et que je savais bien tenir ma place?

LE CHARIVARI. Trop de place même.

LE LUSTRE. Et maintenant, sous prétexte de progrès, on me dégomme, comme on a dégommé mes deux amis que je vous demande la permission de vous présenter.

LE PUNCH. Vous l'avez.

LE LUSTRE. Candélabre! Quinquet!

SCÈNE IV

LES MÊMES, LE CANDÉLABRE, LE QUINQUET.

LE CANDÉLABRE. Présent!

LE PUNCH. Comment, jeune homme, on vous a dégommé aussi... et vous vous nommez?

LE QUINQUET. Le Quinquet?

LE PUNCH. Ah! oui... il y a longtemps qu'on vous a dit de filer.

LE QUINQUET. C'est ce que j'ai fait... mais je reviendrai.

LE CHARIVARI. Il n'y a plus mèche.

LE QUINQUET. Je crois bien...

AIR : *Apothicaire.*

Chez vos commerçants d'à présent,
D' tous côtés le gaz étincelle,
Des girandol's à tout bout de champ,
Pour aveugler la clientèle;
Les anciens n'avaient pas, comme eux,
Tant d'éclat, tant d' magnificences,
On n'avait qu'un quinquet fumeux, (*bis*)
Mais on payait ses échéances.

LE PUNCH. Un coup de patte...

LE CHARIVARI. Et en vers encore.

LE LUSTRE. Ce sont des verres à quinquet... (Il rit.) Je fais de l'esprit. Je ris... et j'ai tort... Comme si ce n'était pas assez de gémir sur ma propre position, il faut encore que je mêle mes pleurs à ceux brûlants du Candélabre...

LE CANDÉLABRE. Hélas! ah! je suis bien malheureux!

LE PUNCH. C'est vous qui êtes le Candélabre?

LE CANDÉLABRE. Moi-même... Je faisais l'ornement des boulevards... et on me supprime...

LE PUNCH. Fichtre! Mais, le soir, on se promènera donc à tâtons?

LE CANDÉLABRE. On m'a remplacé par un petit candélabre de rien du tout... un candélabre haut comme votre botte... à ce point, que l'autre jour, il y a un monsieur qui en a emporté un et l'a laissé chez son concierge... pour une voisine qui devait rentrer après minuit.

LE PUNCH. Je suis assez de votre avis, à preuve que je me suis laissé conter que, quand le géant du boulevard du Temple veut allumer son cigare, il est obligé de se baisser.

LE CANDÉLABRE. Ça ne m'étonne pas. Aussi, savez-vous ce qu'on dit?

LE PUNCH. Ah! voyons ce qu'on dit.

LE CANDÉLABRE.

AIR : *Viv' le roi!*

Candélabre, mon ami,
T'es trop p'tit, (*bis*)
Qu'on lui dit,
Tu n'as pas la taille...
On rit à te voir,
Le soir.
Pas plus grand qu'un bougeoir,
Te hausser pour mieux voir,
Quiconque te raille...
T'es trop p'tit,
Mon ami,
T'as besoin d'être grandi...
T'es joli,
T'es gentil...
Mais, vrai! t'es trop p'tit!
Ton décor est de bon goût,
Ta lanterne est des plus riches,
Mais t'as l'air de rien du tout.
Auprès des colonn's-affiches;
Certes, plus d'un me trouvait
D'une hauteur ridicule...
Toi tu f'rais meilleur effet
De chaqu' côté d'un' pendule...

REPRISE.

Candélabre, mon ami,
Etc.

LE LUSTRE. Oui... oui... aussi on reviendra au grand candélabre.

LE QUINQUET. Au quinquet...

LE PUNCH, le repoussant. Prenez garde... je n'aime pas les taches d'huile.

LE LAMPION. On restaurera le lampion.

LE CHARIVARI. Encore la question de graisse...

LE LUSTRE. Et moi... moi qu'on a suspendu... on me rendra ma place, mon rang... mes honneurs... je me planterai encore au beau milieu du plafond... je ferai mon petit soleil... je verserai des torrents de lumière sur mes blasphémateurs... et le public vrai me criera: Vive le lustre!...

TOUS. Oui, oui, vive le lustre!...

AIR : *C'est sur l'herbage.*

Vive le lustre!
Quel est le rustre
Qui me préfère au plafond lumineux?
Plus de reproche,
Et qu'on m'accroche
A la place où me cherchent tous les yeux.

D'abord je fais ressortir la toilette,
Les diamants me doivent leur éclat;
Et je suis sûr que plus d'une coquette,
Qu'on voyait mal, déjà me regretta.
A ma lumière
Le teint s'éclaire,
L'œil ébloui s'allume à mes splendeurs;
Dans les baignoires
Plus ou moins noires,
Rayon discret, je protége les mœurs.

Le romantique a jeté feux et flammes,
Et j'étais là... c'était notre beau temps...
Le moyen âge avec ses grrrrandes dames!
Sa bonne dague, et ses affrrrreux trrruands!
Croix de ma mère,
Dans ma carrière,
Combien de fois t'éclairai-je, morbleu!
Fuyons ensemble!
Ciel! sa main tremble!...
Ai-je éclairé de ces : merci, mon Dieu!

J'ai vu grandir plus d'un auteur illustre,
Mes becs de gaz doraient ses verts lauriers;
Sur ses succès je répandais un lustre,
Grâce surtout à mes preux chevaliers.
Flons-flons faciles
Des vaudevilles,
J'étais pour vous un ami calme et sûr;
Quelle indulgence,
C'était je pense,
De voir toujours Lise épouser Arthur.

Succès anciens, comme pièces nouvelles,
Tout me devait la gloire et la clarté...
Molière, hélas!... n'avait que des chandelles,
Qu'eût-il donc fait si j'avais existé?

ENSEMBLE.

Vive le lustre!
Quel est le rustre
Qui me/le préfère au plafond lumineux?
Plus de reproche,
Et qu'on m'/l' accroche,
A la place où me/le cherchent tous les yeux.

TOUS. Oui, oui, vive le Lustre!

LE LUSTRE. Gros bonhomme vit encore... le tout est d'arriver à supplanter mon rival... à cet effet j'ai réuni mon conseil, et, grâce à ses lumières...

LE PUNCH. Ah! vous attendez les autres lumières!

LE LUSTRE. Oui, jeune homme, et tenez... des bruits de cuivre et des verres cassés, ce sont mes conseillers...

LE LAMPION, annonçant. Le Rat de Cave et la Lampe Modérateur...

SCÈNE V

LES MÊMES, LE RAT-DE-CAVE, LA LAMPE-MODÉRATEUR.

AIR : *Dames de la halle* (Offenbach).

Rat de cave je prends la rampe,
Et j'arrive en chantant gaiment.

TOUS.

Ce Rat de Cave est charmant (*bis.*)

LA LAMPE.

Il pâlit devant moi, la Lampe,
Moi la Lampe-Modérateur...

TOUS.

Ah! l'agréable lueur! (*bis*)

LE RAT-DE-CAVE.

Combien l'amoureux me regrette!
Pour gagner une humble chambrette,
Grâce à ma lumière discrète,
Comme il vous grimpait l'escalier,
Sentant à chaque palier,
Sauter son cœur d'écolier.
Gai rat de cave des beaux jours,
Que ne puis-je éclairer toujours,
Hélas! les amours
De Rodolphe et Musette!

REPRISE.

Gai rat de cave des beaux jours,
Que ne puis-je éclairer / Que n'éclaire-t-il toujours,
Hélas, les amours
De Rodolphe et Musette...

LE PUNCH. Le Rat de Cave! le bon vieux Rat de Cave!

LE RAT. Lui-même, monsieur!

LE PUNCH. On vous a mis aussi au rancart?

LE RAT. Hélas! oui, monsieur!

LE PUNCH. Ça me fait une peine...!

LE RAT. Que vous êtes bon!

LE PUNCH. Une peine horrible! Vous me demanderiez pourquoi que je n'en saurais rien... mais ça me fait une peine... et madame est aussi une dégommée du jour, ou plutôt du soir?

LA LAMPE. Oui monsieur... la lampe modérateur remplacée par la carcel... une intrigante et une poltronne qui file sitôt qu'elle me voit.

LE PUNCH. Dame... si vous voulez la moucher.

LA LAMPE. Ah! qui me rendra mes belles soirées d'hiver...

AIR *du Moujick.*

J'y perdrai mon nom,
On me relègue à l'antichambre;
Hélas! j' n'ai plus non!
Je n'ai plus un pied au salon...
Ah! ah! c'est affreux.
Et justement en décembre;
Ah! ah! quand je veux,
Resplendir de tous mes feux.

REPRISE.

Ah! ah! c'est affreux!

LE PUNCH.

Maint'nant vous fait's four,
Mais enfin c' n'est pas une honte!
La mode, un beau jour,
Pourra ramener votre tour.
Ah! ah! plus un mot,
C'est vot' moral que je r'monte,
Cric! crac! et bientôt
Vous brill'rez d'un feu nouveau.

REPRISE.

Ah! ah! plus un mot,
Etc.

LE LAMPION, annonçant. L'allumette chimique, la Veilleuse, la Lanterne vénitienne.

SCÈNE VI

LES MÊMES, L'ALLUMETTE, LA VEILLEUSE, LA LANTERNE.

L'ALLUMETTE.

AIR *de Duvivier.*

Voilà l'allumette chimique,
Que l'amorphe chasse aujourd'hui,

LA VEILLEUSE.

Respectez la veilleuse antique,
Qui sur vous veille auprès du lit...

LA LANTERNE.

La lanterne vénitienne
Que Pékin fit tomber dans l'eau...

L'ALLUMETTE.

En sa présence, assez d'antienne;
Qu'on le salue à giorno.

ENSEMBLE.

Toutes les trois montrons-nous / montrez-vous fières,
De briller comme des soleils,
Venons / Venez au pays des lumières,
Pour l'éclairer de nos conseils.

LE LUSTRE. Merci de votre exactitude!

L'ALLUMETTE. Je suis venue... et cependant je souffre...

LE PUNCH. Vous souffrez, chère petite!

L'ALLUMETTE. Oui, monsieur, en ma qualité d'allumette.

LE PUNCH. Ah! bon!

L'ALLUMETTE. Remplacée par celle amorphe.

LE PUNCH. Vous dites?

L'ALLUMETTE. Je dis amorphe!

LE PUNCH. J'avais bien entendu... et comme ça, l'amorphe vous a détrônée.

L'ALLUMETTE. Oui, monsieur... mais, c'est une intrigante...

AIR : *On dit que je suis sans malice.*

Elle prétend, entr'autres choses,
Eviter brûlur's et nécroses ;
Ell' ne craint pas l'humidité,
La sécheress' ni la vétusté...
Ell' prétend mêm' partout se vendre...
Mais avec moi, ça n' peut pas prendre...

LE PUNCH.

Qu'importe avec vous qu'ça n' prenn' point,
Si ça prend quand j'en ai besoin! (*bis*)

LA VEILLEUSE. Moi, la veilleuse, je n'ai rien à craindre de ce côté-là... je suis inamovible!

LE PUNCH. C'est vrai...

AIR : *O ma tendre musette.*

Vous veillez à merveille
Quand on n' veut pas veiller :
Et, pendant votre veille,
Rien ne vient réveiller ..
J' vous préviendrai la veille,
Si j' veux dormir au mieux,
Car la veilleuse veille,
Que c'en est merveilleux.

LE CHARIVARI. Tu ne dis rien à la Lanterne vénitienne!...

LE PUNCH. La Lanterne vénitienne...

LA LANTERNE. Moi, monsieur, une Lanterne qui annonce les jours de fête... qui éclaire la joie.

LE PUNCH. Pardon... je vais vous dire quelque chose.

AIR :

Pour moi vous êtes une actrice,
D'une certaine réputation,
Et, les jours de feu d'artifice
Vous êt's en représentation.

LE CHARIVARI.

La comparaison n'est pas neuve,
Mais elle est bien tirée au ch'veux.

LE PUNCH.

Vous êtes une actrice et la preuve,
C'est que l' soir, vous avez des feux.

Et maintenant, dites à ces dames pourquoi vous les avez réunies.

LE LUSTRE. C'est juste, les affaires avant tout.

AIR : *Allez donc, Tulurette.*

On nous a des programmes,
Effacés sans égards;
On nous met à l'écart,
On nous flanque au rancart.
Plus d'éclat, de réclames,
Mourrons-nous de bon gré!
Mais, non, messieurs, mesdames,
C'est moi qui vous rendrai...

TOUS.

Hé! hé! hé! hé!

LE LUSTRE.

Votre brillant passé!...
Eh! allez donc (*bis*) jetons donc feux et flammes.
Eh! allez donc (*bis*) protestons, nom d'un nom!

ENSEMBLE.

Eh! allez donc...

LE CHARIVARI.

Du courage, mesdames,
Et sur le temps jadis,
Plus de De profundis,
Voilà votre Austerlitz!
Défendez les vieux drames,
Les anciens opéras,
Les carlins, les vieill's femmes,
Les tartans, les cabas.

TOUS.

Ah! ah! ah! ah!

LE CHARIVARI.

R'levons c' qu'on met à bas...
Eh! allez donc...

LE PUNCH.

Revenons à la poudre,
Aux ailes de pigeon,
Au chemin de Coblence,
Et même aux assignats.
L'habit à queu' d' morue,
A bien aussi son prix,
Et j' trouv' que d' la girafe
On n' s'occup' plus beaucoup.

TOUS.

Ah! ah! ah! ah!

LE PUNCH.

Remettons l' vieux à neuf.
Eh! allez donc...

TOUS.

Eh! allez donc...

LE PUNCH. Vous avez compris.

TOUS. Oui! oui!

LE LUSTRE. Alors délibérons... Ah! un instant, sommes-nous au complet?

LE RAT DE CAVE. Il nous manque la Bougie-Rose.

SCÈNE VII

LES MÊMES, LA BOUGIE-ROSE.

LA BOUGIE-ROSE. Me voici...

AIR *nouveau de Suzanne Lagier.*

C'est moi qui suis la bougie,
Rose comme l'Orient...
Je crains le bruit et l'orgie,
Jamais mon reflet riant
Sur une nappe rougie
Ne se repose un instant.

Je reste calme et discrète
Dans un élégant bougeoir,
Et ma maîtresse coquette
Me garde au fond du boudoir.
A son galant que la dame
Veuille écrire un rendez-vous,
La cire fond à ma flamme,
Et Cachète un billet doux.

Alors, quand arrive l'heure,
L'heure heureuse du berger,
Un double souffle m'effleure,
Et je me prends à songer,
Et puis, un soir, triste crainte!
Quand l'ingrat ne revient plus...
Ah! j'ai grand peur d'être éteinte
Par des soupirs superflus.

Mais, à ma flamme légère,
On brûle les billets doux...
On se console et j'éclaire
Un autre Arthur à genoux.
Robe de chambre et pantoufle,
Qu'il est beau cet Apollon...
Qu'il est pressant!.. on me souffle,
Et je n'en sais pas plus long.

REPRISE.

C'est moi qui suis la / Nous saluons la — bougie
Rose comme l'Orient
Je crains le bruit et / Elle redoute — l'orgie
Jamais mon / son reflet riant
Sur une nappe rougie
Ne se repose un instant

LE LUSTRE. Chère Bougie-Rose... ta douce lumière me donne des idées anacréontiques. Quel heur de te voir.

LA BOUGIE-ROSE. D'autant que j'apporte une bonne nouvelle.

TOUS. Une bonne nouvelle.

LA BOUGIE. On rétablit le lustre ; avant six mois il régnera comme jadis.

TOUS. Hourra!

LE LUSTRE. Ah! je le disais bien, ils y sont revenus, mes enfants, pour fêter cet événement. Je ne dirai qu'un mot : que la fête commence!

ENSEMBLE.

AIR *de Duvivier*

Honnis les inventeurs modèles,
Qui sous prétexte de progrès,
Voulaient nous en faire voir de belles,
Mais nous triomphons à jamais.

(Sortie. — Changement. — Ballet des lumières.)

ACTE TROISIÈME

DIXIÈME TABLEAU

Décor, vue extérieure du nouveau théâtre de Bade; à droite, salon de conversation ; à gauche, maison de jeu.

SCÈNE PREMIÈRE

LE CHEF DES CROUPIERS, QUATRE CROUPIERS, les quatres croupiers armés chacun d'un râteau.

CHŒUR.

AIR : *Musique militaire* (Beauplan.)

Marchez / Marchons croupiers.
Vaillamment qu'on m'/l' emboîte,
Marchez / Marchons croupiers.
Tout comme de vrais troupiers.
Un, deux! gauche, droite! (*bis*)
Au pas,
Sous les armes ne bronchez / bronchons pas

LE CHEF. Halte... Portez... armes! reposez vos... armes! Monseigneur Bien-Aisé roi de Bancoville, va faire son entrée; accueuillez-le par un chœur très-bien nourri... le voici : portez... armes! présentez... armes!

SCÈNE II

LES MÊMES, BIEN-AISÉ, en Louis XIV.

CHŒUR.

Honneur, (*ter*) et gloire,
Au grand roi des jeux de Baden-Baden,
Son nom doit briller dans l'histoire,
D'un éclat, (*bis*) sans fin.

BIEN-AISÉ. Merci, chers croupiers, capitaine des gardes, merci.

LES CROUPIERS. Vive monseigneur!

LE CHEF. Vive Bien-Aisé XIV!

BIEN-AISÉ. Bien, votre enthousiasme me réjouit, ce sont façon d'agir fort obligeantes, et j'en suis dignes, Bade c'est moi...

LE CHEF. Grâce au trente et quarante, à la roulette.

BIEN-AISÉ. Ne parlons pas de jeu... si ce n'est du jeu des acteurs; ne nous occupons que de l'inauguration de mon nouveau théâtre... le théâtre de Bancoville; que ce soit votre seule conversation... Allez en ouvrir les salons... allez!... (Reprise du chœur. Les croupiers sortent d'un côté, le Charivari entre de l'autre.)

SCÈNE III

BIEN-AISÉ, LE CHARIVARI.

LE CHARIVARI. Monsieur Bien-Aisé de Bancoville, sans vous commander?

BIEN-AISÉ. Eh! mais le Charivari.

LE CHARIVARI. En personne.

BIEN-AISÉ. Ce m'est un grand plaisir que votre rencontre; vous savez que votre présence ne gâte jamais les choses et que vous n'êtes point de trop en quelque lieu que vous soyez.

LE CHARIVARI. Un si charmant accueil (A part.) En voilà un style!

BIEN-AISÉ. Vous est bien dû... à vous et à vos pareils. J'adore les journaux parisiens, ils disent force bien de moi, me tirent force révérences et ne sais pourquoi, ce ne saurait être pour quelques misérables chiffons de mille, que je leur donne.

LE CHARIVARI. Ah! non...

BIEN-AISÉ. Partant, je suis un homme qui leur revient et qu'ils traitent en personne de qualité; mais parlons de vous : vous êtes seul à Bancoville.

LE CHARIVARI. J'y suis venu avec mon ami le Punch pour voir votre nouveau théâtre, qui est une curiosité de l'année.

BIEN-AISÉ. Voilà qui est bien fait.

LE CHARIVARI. Nous sommes descendus à la *Corne-d'Or*

BIEN-AISÉ. Plutôt qu'à mon palais... ce m'est une déconvenue.

LE CHARIVARI, à part. Ah! il me rase avec son langage du grand siècle.

BIEN-AISÉ. Et, où est votre ami?

LE CHARIVARI. Il est allé tenter la fortune.

BIEN-AISÉ. La déesse est aveugle et ne saurait le reconnaître, l'imprudent!

LE CHARIVARI. Le voici, nous allons savoir. (A part.) Très-aimable, mais trop Louis XIV.

SCÈNE IV

LES MÊMES, LE PUNCH.

LE PUNCH. Rincé comme un verre à bière.

LE CHARIVARI. Pauvre Punch! tu as perdu.

LE PUNCH. Tout; et, si je n'avais pas eu peur du schoking, je jouais ma culotte.

LE CHARIVARI. Faute de fonds.

LE PUNCH. Et tout ça, grâce à Héloïse.

LE CHARIVARI. Héloïse!

LE PUNCH. Une connaissance à moi... je te conterai ça.

LE CHARIVARI. Je le dirai à papa Times.

LE PUNCH. Bah! en voyage elle me dit : Tu vas à Bade, mets dix louis sur mon âge, tu est sûr de gagner. Quel âge as-tu? Dix-huit ans. Je mets sur le numéro 18 et c'est le 36 qui sort.

LE CHARIVARI. Les femmes ne disent jamais que la moitié de la vérité c'est connu.

LE PUNCH. Aussi pour l'instant je fais partie du clan des decavés.

LE CHARIVARI. Le clan des decavés qu'est-ce que c'est que ça.

LE PUNCH. Le club en plein air des joueurs malheureux, le meeting des débinés... La tribu se tient au bas du perron, à droite... Ils sont là, tristes, mornes, l'œil en vedette, l'oreille au guet, méfiez vous, malheur à qui passe.

AIR : *Je suis la célèbre Phryné* (ta toile! ou mes quatre sous).

Le triste clan des decavés,
Comme un chacal guette sa proie,
Si le hasard là vous envoie,
Malheur à vous qui les bravez!
Intime ou simple connaissance,
Ami de vingt ans ou d'hier.
Sur vous ils tombent, quelle chance!
On vous étreint d'un bras de fer.
« Monsieur, mon cher ou bien mon vieux,
J'allais faire sauter la banque,
Et maintenant de tout je manque,
Je suis corrigé, plus de jeux!
Mais ma pauvre femme est malade,
Il me faut partir en deux tems.
Et pas le sou pour quitter Bade.
Prêtez-moi deux ou trois cents francs. »
Un autre, d'un ton moins navré,
dit : « je reçois un télégramme,
Mon coquin d'oncle à rendu l'âme,
Vite un peu d'or je m'en irai. »
Le troisième dit : « c'est trop bête,
J'ai perdu, je pars, mais je suis
En compte à l'hôtel, pour ma dette,
Prêtez moi huit ou dix louis. »
Tous disent nous ne jouerons plus!
Fi! l'on donne aux uns comme aux autres
Et subito, ces bons apôtres,
Vont gaiement risquer vos écus.
Enfin de la roulette esclaves,
Toujours au jeu vous les trouvez,
Le nez d'une aune et les yeux caves,
Voilà messieurs les décavés,

REPRISE ENSEMBLE.

Le triste clan des decavés,
Etc.

LE PUNCH. Mais foin de ces détails, votre nouveau théâtre nous réclame.

BIEN-AISÉ. Vous êtes ici dans le foyer des artistes.

LE PUNCH. C'est charmant, c'est gai, ça me rappelle le foyer de l'Odéon, à quand l'ouverture?

BIEN-AISÉ. Dans quelques jours, j'ai une pièce française écrite par un Allemand, une pièce espagnole composée par un anglais et un drame indien écrit par un savoyard.

LE CHARIVARI. Charmant! malheureusement nous n'y serons pas. Paris nous appelle, mon ami Punch doit terminer son voyage par la revue des pièces parisiennes.

LE PUNCH. Oui et dès ce soir, en route pour la capitale.

BIEN-AISÉ. Mais inutile de vous déranger, j'ai toutes les pièces chez moi.

LE PUNCH. Bah.

BIEN-AISÉ. Mais oui, je les ai fait venir pour choisir celles que je jouerai, je les mets à votre disposition.

LE PUNCH. J'accepte. (*A part.*) Il est très-gentil cet homme-là, un peu dix-septième siècle, mais très-gentil.

BIEN-AISÉ. Holà! mon capitaine des gardes!

SCÈNE V

LES MÊMES, LE CHEF DES CROUPIERS, puis LES QUATRE CROUPIERS.

LE CHEF. Votre trésorerie m'appelle.

BIEN-AISÉ. Faites venir les pièces de l'année, ces messieurs désirent les voir.

LE CHEF. A vos ordres. (*Il sort.*)

BIEN-AISÉ. Quant à moi, chers hôtes, souffrez que je vous quitte; ce m'est un grand déplaisir, mais l'étiquette l'ordonne, Voici l'heure de mon goûter, je suis en retard de deux secondes.

LE PUNCH. Faites donc comme chez vous.

LES QUATRE CROUPIERS, les uns après les autres. Monseigneur est servi

BIEN-AISÉ. Bien... mais un peu plus d'exactitude, j'ai failli attendre.

LE CHARIVARI, à part. Très-gentil, mais décidément trop Louis XIV.

CHOEUR.

AIR : *La voici de retour* (Rothomago.)

Monseigneur est servi.
L'annonce est agréable.
Il va se / Je vais me mettre à table.
Bon appétit (*bis*)

(*Bien-Aisé sort avec les quatre croupiers.*)

SCÈNE VI

CHARIVARI, PUNCH, LE CHEF DES CROUPIERS, puis, LES IVRESSES, CADET-ROUSSEL, LES ÉTRANGLEURS DE L'INDE, LE CHATEAU DE PONTALEC.

LE CHEF, entrant. Les pièces de théâtre sont prêtes à paraître.

LE CHARIVARI, avec importance. Nous daignerons les recevoir, qu'elles entrent.

LE PUNCH. Tiens, voilà que tu fais aussi ton majestueux.

LE CHEF, annonçant. Les fours de l'année. (*Il sort.*)

LES IVRESSES, CADET-ROUSSEL, LES ÉTRANGLEURS, LE CHATEAU.

ENSEMBLE.

AIR *de Duvivier.*

Nous accourons / Vous accourez avec zèle,
Avons-nous / Avez-vous ou non rêvé?
Voilà que l'on nous / vous rappelle,
Ça ne nous était jamais arrivé.

LE PUNCH. Ils sont quatre, c'est juste; en anglais, four veut dire quatre.

LE CHARIVARI. Veux-tu que je les présente?

LE PUNCH. Vas-y.

LE CHARIVARI. Les *Ivresses*, vaudeville du Vaudeville.

LE PUNCH. Ah! c'est vous qui êtes...?

LES IVRESSES. Oui, oui, je représente les ivresses : ivresse de l'amour, ivresse du jeu, ivresse du vin.

LE PUNCH. J'en suis ivre.

LE CHARIVARI. Pas de plaisir.

LES IVRESSES.

AIR : *Fanchon.*

La pièce était charmante.

LE CHARIVARI.

Soit... mais pas amusante ;
Aussi la critique en éveil,
Vous dit, dans sa rudesse,
Qu'avec un ennui sans pareil,
L' public, en fait d'ivresse,
Goûta cell' du sommeil.

ENSEMBLE.

L' public goûta l'ivresse,
L'ivresse du sommeil.

LE CHARIVARI. Les Étrangleurs de l'Inde...

LE PUNCH. Et qu'est-ce que vous montriez?

LES ÉTRANGLEURS. Une jeune indienne fortement embêtée... Les Anglais ont envahi mon pays... Les Thugs se réunissent au milieu des Jungles... et alors...

LE CHARIVARI. Ce sera peut-être un peu long... mieux vaux que je te dise tout de suite.

AIR : *Marianne.*

Ce drame très-amphigourique,
Tiré d' la guerre du Nizan,
N'a vraiment rien de poétique,
N'a vraiment rien d' bien amusant.
Bref! à tout coup!
Trop de Vichnou,
Trop de Crichna, de Brahma, de Mantchou,
Drvaravoti,
Godwawari,
Je n' sais plus qui...
Ah! c'est trop de sanscrit!...
Ajoutez que dans tous les angles,
Dans tous les coins, nous étranglons,
Et l'un et l'autre,

LE PUNCH.

Assez de noms,
A les dir' tu t'étrangles (*bis*).

LE CHARIVARI. Passons à autre chose : Cadet-Roussel.

LE PUNCH. Ah! oui... un refrain populaire... le cousin germain de notre brave Malbrough.

CADET-ROUSSEL, baissant la tête. Regardez-moi ça.

LE PUNCH. Ça quoi?

CADET-ROUSSEL. Ma chevelure.

LE PUNCH. Ah! oui... vous avez trois cheveux.

CADET-ROUSSEL. Comme j'ai trois garçons, trois maisons.

LE PUNCH. Et on a fait de vous un drame en trois actes.

CADET-ROUSSEL. Non, en cinq, mais j'avais trois auteurs.

LE CHARIVARI. Et vous avez eu trois représentations?

CADET-ROUSSEL. A peu près.

LE CHARIVARI.

AIR : *Cadet-Roussel.*

Cadet-Roussel! ah! quel grand four *bis.*
Il n'a pas fait un long séjour, *en chœur.*

LE PUNCH.

Que dites-vous d' Cadet-Rousselle;

LE CHARIVARI.

Rococo, rengaine et ficelle...
Ah! ah! ah! oui vraiment,
C'est l' public qui fut bon enfant!

REPRISE ENSEMBLE.

Ah! ah! ah! oui vraiment, etc.

LE CHARIVARI.

A Cadet-Roussel on bâillait, *bis.*
On sommeillait, et l'on ronflait *en chœur.*

LE PUNCH.

Que dites-vous de Cadet-Rousselle?

LE CHARIVARI.

J'aim' mieux l' bataillon d' la Moselle,
Ah! ah! ah! oui vraiment,
C'est l' public qui fut bon enfant.

ENSEMBLE.

Ah! ah!
Ah! oui vraiment, etc.

LE PUNCH.

Cadet-Roussel .. n'en parlons plus *bis.*
Sur lui pas d' regrets superflus *en chœur.*
Le public de Cadet-Rousselle,
Disait, à c' drame peu modèle :
Ah! ah! quel bon enfant,
Ah! c'est vrai qu'il n'est pas méchant.

REPRISE.

Ah! ah! quel bon enfant, etc.

LE PUNCH. Et cette jeune personne qui se tient à l'écart?

LE CHARIVARI. C'est...

LE CHATEAU. Ne me nommez pas... par pitié! ne me nommez pas.

LE PUNCH. Mademoiselle désire garder l'anonyme? Tiens, mais c'est un moyen d'exciter l'intérêt.

LE CHARIVARI. Je vais le dire...

LE CHATEAU. Non, non, ne dites rien, soyez généreux.

LE PUNCH. Mais enfin, qui êtes-vous?

LE CHATEAU. Je vais vous chuchoter mon petit nom, je m'appelle Diane.

LE PUNCH. Nom d'un chien!...

LE CHATEAU. Ne m'en demandez pas plus long.

LE PUNCH. Mais si... Ce mystère éveille ma curiosité.. de grâce... parlez.

LE CHATEAU. Alors, promettez-moi une chose.

LE PUNCH. Tout ce que vous voudrez, excepté de vous faire une rente viagère.

LE CHATEAU. Promettez-moi de ne pas me maudire, quand vous saurez qui je suis.

LE PUNCH. Je le jure.

LE CHATEAU. Oh! oui, comme les autres, et quand vous me connaîtrez...

LE PUNCH. Parole. (Il lève la main et crache.)

LE CHATEAU. Eh bien...

LE PUNCH. Eh bien ?

LE CHATEAU.

AIR : *des Bossus.*

Je ne viens pas du latin ou du grec ;
Et, pauvre enfant, l'on me traite d'aztec.
Pour moi, tout cœur est froid, tout œil est sec,
On me repousse avec colère, avec
Fureur ! je suis le château d' Pontalec!

LE PUNCH. Sortez ! misérable ! sortez !

LE CHATEAU. Là, qu'est-ce que je disais, tous les mêmes.

LE PUNCH. Allons, en chasse, et plus vite que ça... ou je siffle !

LE CHARIVARI. Un instant, sois moins sévère, ami Punch.

AIR : *Jadis et aujourd'hui.*

Lorsque dans les nouveaux théâtres,
Un maître, un auteur de talent,
Accepte d'essuyer les plâtres,
Il faut se montrer indulgent,
On blâma la pièce ; et, du reste,
Bien des auteurs qui font les gros,
Pourraient même dans cette veste
Se tailler de bons paletots.

LE CHATEAU. Merci, Charivari ; et sur ce, au revoir.

TOUS. Au revoir.

ENSEMBLE.

AIR : *J'étouffe de colère.*

Les vengeances sont prêtes,
Dès qu'on entend ce nom ;
Qu'on jette aux oubliettes
Ce vieux château breton (*bis.*)

(Les Ivresses, Cadet-Roussel et les Étrangleurs entraînent Pontalec.)

SCÈNE VII

LE CHARIVARI, LE PUNCH, puis MARGUERITE.

LE PUNCH. Goddam ! un peu plus, j'allais boxer.

LE CHARIVARI. Voyons, calme-toi.

LE PUNCH. Il n'y a qu'un succès qui puisse me calmer.

LE CHARIVARI. Tu vas voir *les Ganaches*. (Entre Marguerite.)

LE PUNCH. Cette gracieuse personne, elle n'a guère que son menton de ganache.

MARGUERITE. Bonjour, messieurs; soyez les bienvenus dans notre petite ville de province... Je suis mademoiselle Marguerite de la Rochepeans. N'attendez pas que je vous montre ma collection de vieilles bêtes, non je n'ai qu'une pensée... Marcel.

LE PUNCH. Où prenez-vous Marcel, if you please ? Nous avons Marcel des Huguenots, le théâtre Saint-Marcel.

MARGUERITE. Des bêtises; Marcel; c'est un ingénieur; il est gentil, poli, bien élevé.

LE CHARIVARI. Ce que nous appelons un ingénieur civil.

MARGUERITE. Il est venu pour tracer un chemin de fer dans la propriété à grand papa ; à sa vue, j'ai senti que son image allait faire une station dans mon cœur, son souvenir a creusé un tunnel dans ma pensée, et j'ai rêvé d'arriver avec lui au débarcadère du mariage.

LE PUNCH. Elle raille... de chemin de fer.

MARGUERITE. Oh! non, tout cela est sérieux, et s'il ne m'aime pas, j'en aurai des attaques de nerfs au second acte.

LE CHARIVARI. Bah !... un de perdu, dix de retrouvés.

MARGUERITE. Non, lui perdu, plus rien... je ne suis entourée que de ganaches du temps des pataches, tandis que lui, c'est le progrès.

LE PUNCH. Serais-je indiscret, en vous demandant ce que vous entendez par le progrès ?

MARGUERITE. Oui, vous le serez...

LE PUNCH. C'est égal, je vous le demande tout de même.

MARGUERITE. Le progrès... ce sont ces passerelles pavées qu'on établit sur le boulevard, afin de pouvoir traverser le macadam; c'est le marchand de robinets qui vous agace avec son timbre, au lieu de vous assourdir avec une trompette. Le progrès, ce sont ces chapeaux de femme si hauts... si hauts .. qu'on y peut installer un jardin, un jet d'eau, une volière... Le progrès...

LE PUNCH, l'interrompant. Pardon... pardon.

AIR :

Le progrès c'est que l'on peut mettre,
En scène opinions et partis,
Et qu'un auteur peut se permettre,
De rire aux dépens du pays;
L'on applaudit, moi je déplore,
Et dis sans me fâcher d'ailleurs.
L'opinion est tricolore,
Respectez toutes ses couleurs.

MARGUERITE. Ça m'est égal, mon ingénieur avant tout... seulement, il a une toquade, le beau Marcel.

LE PUNCH. Laquelle?

MARGUERITE. Il ne veut aimer qu'une femme enrhumée.

LE PUNCH. Du cerveau ou de la poitrine?

MARGUERITE. Indiscret.

LE PUNCH. Mettons que c'est du cerveau... eh bien, avez-vous un moyen de vous enchifrener?

MARGUERITE. J'ai beau faire, je n'y arrive pas.

LE CHARIVARI. Mettez-vous entre deux airs.

MARGUERITE. On ne chante pas dans les *Ganaches.*

LE PUNCH. Marchez nu-pieds.

MARGUERITE. Oh ! une fille noble.

LE CHARIVARI. Dansez trois polkas, quatre valses, deux schotichs et prenez une demi-douzaine de glaces plus ou moins *ganachées*... (Se reprenant.) non... panachées.

MARGUERITE. La danse n'est pas ce que j'aime.

LE PUNCH. Oui, c'est votre ingénieur... Si l'on pouvait trouver un moyen... ingénieur... (Se reprenant.) Non, ingénieux.

MARGUERITE, jetant un cri. Ah !

LE PUNCH. By god, vous m'avez fait peur.

MARGUERITE. J'en tiens un.

LE CHARIVARI. Un qui?

LE PUNCH. Un quoi?

MARGUERITE. Un moyen. (Criant.) Chargez la neige.

LE PUNCH. Quelle neige? (Le Charivari regarde, la neige tombe, Marguerite enlève son caraco, sa berthe, son fichu, et reste épaule nues.

MARGUERITE. Oh! que c'est bon, que c'est froid, ça me gèle, mais ça ne me gèle pas encore assez.

LE PUNCH. Nous allons voir des boules de neige.

MARGUERITE. Ça vient... je grelotte... mes épaules sont glacées... le nez me picote... si j'éternue... viendra mon ingénieur; il est si beau ! vous verrez, quand il boutonne son habit, quand il le déboutonne ! Ah ! je suis pincée, atchi. (Elle éternue.)

SCÈNE VIII

LES MÊMES, MARCEL.

MARCEL. Marguerite? (Il déboutonne son habit.)

MARGUERITE. Marcel!

LE PUNCH. Il est venu.

MARCEL. Tu as éternué?

MARGUERITE. Oui.

MARCEL. Dieu te bénisse! (Il se reboutonne.)

MARGUERITE. Merci.

MARCEL. Enfin, celle que j'aime est donc enrhumée.

MARGUERITE. Pour la vie.

MARCEL. O bonheur! (Il se déboutonne.) Tu n'accepteras de jujube de personne?

MARGUERITE. Non.

MARCEL. Ni de réglisse?

MARGUERITE. Re-non.

MARCEL, se reboutonnant. Tu es un ange, tu es l'ange du rhume.

LE PUNCH. Elle était digne d'être la fille de Ducantal.

MARCEL. Oh! parle de ton amour, parle de mariage, parle du nez! (Il se déboutonne.)

LE CHARIVARI. Mais parlons d'autre chose.

LE PUNCH. Le fait est, que ça pourrait se prolonger, et il n'y a que ça dans la pièce ?

LE CHARIVARI.

AIR :

On y rencontre de vrais types,
Et des portraits-cartes aussi ;
A part toutefois les principes,
C'est un tableau fort réussi;
On y trouve un style facile,
Un intérêt jeune et nouveau,
Bref, on trouve un auteur habile
Qui n'a pas dit son dernier mot. (*bis.*)

MARCEL. Pardon, messieurs, mais il fait très-chaud, ici, et j'ai peur que ma bien-aimée ne se désenrhume, souffrez que je l'emmène.

LE PUNCH. Comment donc, mais nous le souffrons très-bien... badeboiselle, je fais des bœux bour botre bodeur.

MARGUERITE. Berci.

AIR *de Duvivier.*

Notre heure est venue
De partir d'ici,
Je vous éternue
Mes adieux : atchi.

ENSEMBLE.

Notre / Son heure est venue,
De partir d'ici,
Je / Elle / Ell' nous vous éternue
Mes / Ses Adieu : atchi.

(Marguerite et Marcel sortent.)

SCÈNE IX

LE CHARIVARI, LE PUNCH, puis LE JUIF ERRANT.

Après la sortie, on entend à la cantonade ; marche ! marche ! l'orchestre joue la complainte du Juif Errant.

LE PUNCH. Ah ! ah ! le Juif Errant. (Fredonnant.)

Jamais on n'avait vu,
Un homme aussi fourbu.

LA VOIX. Marche ! marche !

LE JUIF ERRANT, entrant. On y va... on y va.

LE PUNCH. Pauvre homme, donnez-vous donc la peine de vous asseoir.

LE JUIF ERRANT. Ça m'est défendu... Ah ! je suis bien à plaindre !

LE CHARIVARI. Ce qui fait que je ne vous plains pas ; un gémisseur, qui n'avait que cinq sous et qui fait cinq milles tous les soirs.

LE PUNCH. Et où gagne-t-il cette fortune-là ?

LE CHARIVARI. Au Chili.

LE JUIF ERRANT. La vérité, c'est que je ne peux pas me reposer longtemps. Aussitôt qu'une pièce dégringole, *Cadet-Roussel* ou *Mystères du Temple*, vite, en route.

LE PUNCH. Parbleu ! vous êtes le *Courrier de Lyon* de l'Ambigu, comme le *Courrier de Lyon* est le *Juif Errant* de la Gaîté.

AIR :

Tous deux vous r' venez sur l'affiche,
Dès que l' théâtre est chancelant,
Et l'on devrait, pour être riche,
Vous jouer trois cent soixante fois l'an.
Avec vous deux on fait recette,
Chopard, Rodin ne lassent pas.
Seul'ment l' Courrier de Lyon on l'arrête,
Tandis qu' vous, vous n'arrêtez pas (*bis*).

LA VOIX. Marche ! marche !...

LE JUIF ERRANT. On y va, j'ôte un caillou de mon soulier.

LE PUNCH. Pauvre diable ! j'ai mal à ses jambes.

LE JUIF ERRANT. Si encore on me jouait sans interruption, la gloire me reposerait de la fatigue ; il n'y a que *Rothomago* qui ait eu cette chance-là.

LE PUNCH. Comment ?

LE CHARIVARI. Sans doute, *Rothomago* en est à sa vingt-trois mille huit cent soixante-dix-neuvième représentation.

LE PUNCH. Fichtre ! mais les auteurs doivent être millionnaires.

LE CHARIVARI. Parbleu, ils ne vont pas mal, je te remercie.

LE PUNCH. Je plains les artistes ; jouer vingt-deux ans la même pièce, ils avaient droit à la médaille.

LE CHARIVARI. Ils l'ont eue.

LE PUNCH. La médaille de *Rhotomago*.

LE JUIF ERRANT. Oui, monsieur.

AIR : *Larifla, fla, fla.*

L'artiste infatigable,
R'çut avec un bravo,
La médaill' mémorable,
Du grand Rhotomago,
De Rotho toto,
De mago gogo, (*bis*)
De Rothomago.

REPRISE EN CHŒUR.

De Rhoto, toto,
Etc.

LE CHARIVARI.

L' Pied d' Mouton, que j' rappelle,
Mérit'rait bien dito
La médaille nouvelle
Du grand Rhotomago.

ENSEMBLE.

De Rhoto, toto,
Etc.

LE JUIF.

La fortune a sans doute
Comblé Rhotomago...
Mais dame ! ell' n'y voit goutte,
Et croit qu' rien n'est plus beau.

ENSEMBLE.

Que Rhoto, toto,
Etc.

LE PUNCH.

Morale, il en faut une :
Tout ça prouve en un mot,
Que Rhoto fit fortune,
Et qu'il a son magot.

ENSEMBLE.

Viv' Rhoto, toto,
Viv' mago, gogo, (*bis.*)
Viv' Rhotomago.

(Le Juif Errant sort.)

SCÈNE X

LE CHARIVARI, LE PUNCH.

LE PUNCH. Mais redevenons sérieux... je voudrais voir un drame...

LE CHARIVARI. *Le Bossu...*

LE PUNCH. C'est ça, *le Bossu...*

LE CHARIVARI. Nous ferons comme tout Paris, nous irons à la Porte-Saint-Martin...

AIR :

On était las du mélodrame,
Usé, dont on faisait trafic ;
Mêmes ficelles, même trame...
Aussi, monseigneur le public,
Trouvant d'habiles interprètes,
Un plan vigoureus'ment conçu,
Après tant d'œuvres contrefaites,
Est heureux de voir le Bossu.

LE PUNCH. Soit ! nous irons... mais avant, je serais aise d'admirer une œuvre purement littéraire ?...

LE CHARIVARI. C'est facile... Justement on vient de relever le niveau de l'art...

LE PUNCH. Où ça ?...

LE CHARIVARI. A l'ancien Théâtre-Historique...

LE PUNCH. Comment a-t-on fait ?

LE CHARIVARI. On a baissé la chaussée d'un mètre cinquante.

LE PUNCH. Alors, montre-moi de la littérature d'un maître ?

LE CHARIVARI. *Le More de Venise...*

LE PUNCH. Le titre n'est pas compliqué...

LE CHARIVARI. Aimes-tu mieux : *le More Coupable*, ou *la Femme de Venise* ?

LE PUNCH. J'aime mieux ça... Est-ce amusant ?

LE CHARIVARI. Dame ! on y a beaucoup ri...

LE PUNCH. Voyons le *More de Venise...*

LE CHARIVARI. Au changement !...

ONZIÈME TABLEAU

Un intérieur vénitien. — Un canapé.

SCÈNE PREMIÈRE

LE CHARIVARI, LE PUNCH, puis YAGO et RODRIGO.

LE PUNCH. Où sommes-nous, ici ?...

LE CHARIVARI. Dans la chambre d'Othello... on vient... joue au whist...

LE PUNCH. Manière ingénieuse de me dire de me taire...
LE CHARIVARI. Le traître Yago et son serin de confident...
LE PUNCH. Parlent-ils en prose?...
LE CHARIVARI. Ils parlent en vers... mais les beaux vers!... ça ressemble tellement à de la prose...

YAGO, entrant, appuyé sur l'épaule de Rodrigo.

Écoute-moi...

RODRIGO.

J'écoute...

YAGO.

Et tais-toi!... Du moment,
Rodrigo, que de toi j'ai fait mon confident,
Tu dois tout écouter, mais jamais ne rien dire...

RODRIGO.

Pourtant...

YAGO.

Te tairas-tu?

RODRIGO.

Mais...

YAGO.

Chut! je te retire
La parole... apprends donc que je hais Othello;
Il est très-bon pour moi, bien que peu rigolo...
Il me nourrit, me couche et fait blanchir mon linge...
Et je le hais... pourquoi?...
(Rodrigo veut parler, Yago l'en empêche.)
C'est sa tête de singe.
Qui m'agace... et mon œil voudrait être affranchi
Du déplaisir de voir cet affreux mal blanchi!...
(Rodrigo veut parler.)
Ne dis rien!... ce serait par trop d'outrecuidance,
Quand je daigne te faire ici ma confidence.
Je déteste ce nègre en proie au vertigo...
(Rodrigo veut parler.)
Chut!... Et je veux jouer un tour à ce magot...
A la municipa-lité l'on le marie...
Desdémone avec lui va quitter la mairie,
Je les attends céans pour me venger!...
(Rodrigo veut parler.)
C'est bien!...
Ta réponse est comprise et clôt notre entretien...

LE CHARIVARI. Qu'en dis-tu?...
LE PUNCH. Sublime!... le rôle du confident surtout, quelle éloquence!...
LE CHARIVARI. Silence!... voici monsieur et madame Othello...

SCÈNE II

LES MÊMES, OTHELLO, la figure noire; il porte sous le bras un oreiller, qu'il change alternativement de côté. DESDÉMONE, en mariée, puis EMILIA.

OTHELLO.

Te voilà ma moitié, grâce à monsieur le maire.
Es-tu contente?...

DESDÉMONE.

Moi, je suis heureuse et fière...
(Chantant les deux vers suivants sur l'air du Carillon de Dunkerque.)
Et je bénis ce jour, le beau jour de l'hymen....
Puisse, comme ton front, ton cœur être bon teint!...

OTHELLO, avec une fureur sourde.

Cet air!...

DESDÉMONE.

Ta face est triste et paraît assombrie...

OTHELLO.

On est toujours en noir, lorsque l'on se marie...
Je pense à ton passé!...

DESDÉMONE.

Des regrets, mon chéri?...

YAGO.

Qui trompa son papa, refera son mari!...
(Rodrigo veut parler, Yago lui ferme la bouche.)

OTHELLO.

Yago dit vrai... sa voix me trouble la cervelle...
En effet, tu lâchas la maison paternelle...

DESDÉMONE.

Pour te suivre...

OTHELLO.

On t'a vue un soir au Casino...

DESDÉMONE.

Au concert... pas au bal!...

OTHELLO, avec une fureur sourde.

Oh!...

YAGO, bas à Rodrigo.

Gare au vertigo....
(Rodrigo veut parler, Yago l'en empêche.)

DESDÉMONE.

Vas-tu la faire ainsi longtemps à la tristesse?...
Un jour de noce...

OTHELLO, confiant.

Non, j'ai foi dans ta tendresse!...
Yago n'a pas parlé...

RODRIGO.

C'est moi qui ne dis rien!...

YAGO, le faisant taire.

Fichu bavard!...

OTHELLO.

Quel cœur fut plus pur que le tien?...
(Tendre.)
Quel œil plus langoureux... quel plus charmant visage!...
(Soupçonneux.)
Si quelque autre beau blond, avant moi...
(Furieux.)
Tiens, je rage!

DESDÉMONE.

Non, Tello! non, noi-noir; non, toi seul as parlé.
A ce petit cœu-cœur sur tes pas envolé!...

OTHELLO.

Je veux te croire... mais si jamais tu me trompes!...

YAGO, se frottant les mains.

Très-bien!...
(Il fait taire Rodrigo qui veut parler.)

OTHELLO, appelant.

Émilia!...
(Emilia entre, une corbeille à la main.)
Déploie un tas de pompes...
Présente les cadeaux qu'à sa Desdémona
Veut offrir Othello... le nègre charabia...

ÉMILIA.

Que madame choisisse.

DESDÉMONE, tirant un mouchoir de la corbeille.

Ah! ceci doit me plaire!..

OTHELLO.

Prends, Desdémone... c'est le mouchoir de ma mère...

DESDÉMONE, dépliant le mouchoir sur lequel est imprimé un sujet.

Prise de constantine!...

OTHELLO.

Un mouchoir à tabac!...
Que porta mon aïeul, que ma mère prisa...
Conserve-le toujours... garde-le comme un gage,
Sans l'envoyer jamais, ma chère, au blanchissage...

DESDÉMONE, avec reproche.

Prodigue...
(Avec enthousiasme.)
Où donc trouver, chez, les blancs comme ailleurs,
Des époux vous donnant des madras de couleur...?
(Elle le met dans sa poche, Yago le lui enlève.)

RODRIGO, bas.

Quoi! tu fais le mouchoir?...

YAGO, bas.

Silence!...

OTHELLO, cajolant Desdémone.

O ma duchesse!...

YAGO, bas, à Rodrigo.

Indiscret!...
(Faisant un nœud au mouchoir.)
Ce mouchoir est le nœud de la pièce...

OTHELLO.

Mais, nous devons nous rendre au festin nuptial...
Il doit être servi dans un bouillon-Duval...
Rejoignons sans tarder le rester de la troupe...
A la soupe!...

YAGO.

A la soupe!...

RODRIGO.

A la...
(Il n'achève pas; Yago lui coupe la parole.)

YAGO.

Ça te la coupe!...
(Othello prend la main de Desdémone et s'éloigne avec elle, Yago, Rodrigo et Émilia les suivent.)

SCÈNE III

LE CHARIVARI, LE PUNCH.

LE CHARIVARI. Fin de la première partie...
LE PUNCH. Cristi!... ça m'empoigne!... ah! je suis empoigné!...

(Air de *l'Artiste*.

Beaux vers à rime riche,
Caractères bien faits;
Intrigue... pas godiche,
Dessinée à grands traits.
C'est l'art à son aurore,
Mais c'est beau... seulement
Je trouve que le more,
N'est pas un bon vivant, (*bis*)

LE CHARIVARI. La deuxième partie commence...
LE PUNCH. Je serai muet!...

SCÈNE IV

LES MÊMES, YAGO, RODRIGO.

LE PUNCH. Encore Yago et Rodrigo...
LE CHARIVARI. La tragédie, c'est toujours la même chose...

YAGO, appuyé sur l'épaule de Rodrigo.

Bien, Rodrigo. Tu sais enfin, tenant ta langue,
Prêter, sans dire mot, l'oreille à ma harangue...
Je nourris un projet canaille... mais voici,
Le More... laisse-nous en tête-à-tête ici...
(Rodrigo s'incline et sort.)

SCÈNE V

LES MÊMES, OTHELLO, moins RODRIGO.

OTHELLO, entrant, toujours avec son oreiller sous le bras.

Oh! le jour de la noce... aussi beau qu'un dimanche...
Ma femme était assise avec sa roble blanche.
Au milieu du salon de cent couverts... Bibi
Avait sur ses genoux, mis sa tête... On eût dit
Un pruneau dans du lait, une mouche à la crème;
Et, la serrant de près, je lui disais : Je t'aime!...
(Il presse son oreiller sur son cœur.)

YAGO.
Et que répondait-elle?...

OTHELLO.
Oh! rien...

YAGO.
Parbleu! son cœur
Courait la prétentaine...

OTHELLO.
Yago, malheur! malheur!
Tu veux donc réveiller le chat qui dort... oh! bigre!
Je suis jaloux, jaloux!... je rends des points au tigre!...
Ouf!... j'en sue!...

YAGO.
Essuyez votre front dégouttant,
Avec ce mouchoir.
(Il lui présente le mouchoir de Desdémone.)

OTHOLLO.
Ciel!... mon cadeau!... mon présent!...
Le mouchoir maternel dont je comblai ma femme...
D'où le tiens-tu?...

YAGO.
Calmez l'ardeur qui vous enflamme...
Desdémonne à Cassis le donna sans regrets...

OTHELLO.
Quoi! je serais avant ce que l'on n'est qu'après?...
Et quel est ce Cassis?...

YAGO.
Un soldat de la ligne...

OTHELLO.
O femme criminelle!... ô Desdémone indigne!....
Ah! tu vas passer un vilain quart d'heure!... Yago,
Je l'entends!... laisse-nous...

YAGO, sortant.
Gare le vertigo!...

SCÈNE VI

LES MÊMES, moins YAGO, puis DESDÉMONE.

LE PUNCH. Ça se corse!... ça se corse!...
LE CHARIVARI. Tu dis ça à cause de la vengeance?...

DESDÉMONE, entrant en épluchant une orange.

Eh bien!... tu ne viens pas?... on en est au fromage!..
Entre la poire et lui nous pourrons causer...

OTHELLO, à part.
Rage!...
Fureur!... contenez-vous!...
(Il donne un coup de poing dans l'oreiller. Calme.)
Mais qu'épluches-tu donc?...

DESDÉMONE.
Une orange!...

OTHELLO, à lui-même.
Faut-il lui faire quartier?... non...
(Haut.)
Ne jette pas ainsi tes écorces par terre...
De peur des taches, prends-le mouchoir de ma mère...
Essuie au moins tes doigts...

DESDÉMONE, se fouillant.
Ciel!...

OTHELLO.
Qu'as-tu donc? qu'as-tu?...

DESDÉMONE.
Mon mouchoir nuptial!...

OTHELLO
Eh bien!

DESDÉMONE.
Je l'ai perdu!...

OTHELLO.
O mes aïeux sans tache!... ô mon renom intègre!...
C'est fini!... crrr.....
(Il se pâme et tombe.)

DESDÉMOEE.
Je cours lui chercher du vinaigre...
(Elle sort d'un côté, Yago entre de l'autre.)

SCÈNE VII

LES MÊMES, moins DESDÉMONE, puis YAGO, puis ÉMILIA.

LE PUNCH. En voilà une attaque de nerfs! .. (Il met l'oreille sous la tête d'Othello.)
LE CHARIVARI. Il se trouve mal!...
LE PUNCH. Moi aussi je me trouve mal!...

YAGO, accourant.
Seigneur, c'est une lettre ..
(Il glisse sur une écorce d'orange et tombe.)
Au diable l'écorce! ..

OTHELLO, étendu par terre, la tête sur l'oreiller.
Hein?...
Qui va là?...

YAGO, par terre.
Le facteur, une lettre à la main!...

OTHELLO, par terre.
De qui?...

YAGO, même jeu.
C'est de Cassis... pour elle...

OTHELLO, se relevant ainsi qu'Yago.
Lisant.
Je m'insurge!...
« Ne m'attends pas ce soir, ma biche; je me purge.... »
Le sort en est jeté... Desdémone mourra!...
(Regardant la lettre.)
Pas de nom, pas d'adresse... est-ce une preuve, ça?...
(A Yago.)
Appelle la suivante...

YAGO, appelant.
Émilia?...
(Émilia entre.)

OTHELLO.
Ma fille,
A ta maîtresse... dis... qu'elle serait gentille
De venir se coucher...

ÉMILIA.
Votre femme me suit...

OTHELLO.
C'est bien... prépare alors sa toilette de nuit...
(A Yago.)
Et nous, sortons...
(Othello et Yago sortent d'un côté, Desdémone entre de l'autre.)

SCÈNE VIII

LE CHARIVARI, LE PUNCH, ÉMILIA, DESDÉMONE.

ÉMILIA.
Monsieur désire que madame
L'attende en ces lieux. .

DESDÉMONE.
Bien... Émilia, ma femme
De chambre, tire-moi ma jupe et mon corset...
(Émilia la déshabille.)
La noce était superbe, et pourtant, me lassait...
Pourquoi trouvé-je hélas!... plus rien du tout de drôle?...
Ah!... je vois tout en noir... la romance du Saule...
Qu'on a dite au dessert me revient... et voilà
Que je vais la chanter... sur l'air du tra la la...

AIR : *Tra la la*.

L' saul' pleureur (*bis*)
Est fait pour navrer le cœur ;
Je ne vois rien après
D' plus triste que le cyprès...

Ses branch's tombant de toutes parts
Semblent des cheveux épars;
Les cheveux du désespoir,
Où n' pass' plus le démêloir !...
L' saul' pleureur, (*bis*)
Etc., etc.

SCÈNE IX

LES MÊMES, OTHELLO, en bonnet de coton, et toujours son oreiller sous son bras.

OTHELLO, à Émilia.

Laisse-nous...

(Elle sort.)

DESDÉMONE.

Ça va mieux?...

OTHELLO.

A nous deux, femme indigne!...
Qui jetez le mouchoir aux soldats de la ligne...

DESDÉMONE.

Des bêtises...

OTHELLO.

Silence!...

DESDÉMONE.

Oh! ton esprit rageur
Nourrit un noir projet...

OTHELLO.

N'est-ce pas ma couleur?...
Couche-toi...

DESDÉMONE.

Mais le lit?...

OTHELLO.

Ce divan le remplace...
Obéis, ou sinon...

DESDÉMONE, s'asseyant sur le canapé.

Cet oreiller me glace!...

OTHELLO.

Tu vas mourir!...

DESDÉMONE.

Oh! non, je demande un délai...
Cinquante ou soixante ans...

OTHELLO.

Ah! tu cannes...

DESDÉMONE.

C'est vrai!...

OTHELLO.

Non! non! pas de répit!... tiens!...

(Il l'étouffe avec l'oreiller.)

DESDÉMONE.

J'étouffe, à la garde!...

OTHELLO.

A l'oreiller vengeur, mesdames, prenez garde!...

(Il s'asseoit sur l'oreiller puis l'écrase avec une demoiselle de paveur.)

Est-ce fait?...

DESDÉMONE, (rejetant l'oreiller.)

Fait à fait!...

OTHELLO.

Elle est vivante encor...
Le More, de sa mort, lors, n'a point le remord...
(Inspiré.)
Ah!...

(Il tire de sa poche un pistolet d'enfant.)

La tranquillité des parents...

DESDÉMONE, tombant.

Ouf! Shakspeare!...

OTHELLO.

Elle parle allemand... on prononce : j'expire!...

(Les autres personnages accourent.)

J'ai vengé mon honneur... relève-toi!...

DESDÉMONE.

Merci!...

OTHELLO. Et vous qui m'écoutez, retenez bien ceci :

AIR : *du duc de Byzance*.

Le Mor' de Venise
Est un bon enfant;
Pour vous il s'avise
D'un gai dénoûment :
Tuer Desdémone,
C'est de mauvais goût...
Moi je lui pardonne,
Dites donc partout :

Le More de Veni-ni-ni...
Le More de Venise
Finit comm' un vaud'vill' finit,
Sur un ton rejoui.

ENSEMBLE.

Le More de Veni-ni-ni,
Etc., etc.

OTHELLO.

Le Mor' de Venise
Est un bon vivant;
A table il se grise,
Tant il va buvant,
Quoiqu'faut' d'orthographe!
D'vant lui, subito,
Qu'on mette un' carafe,
Il dit : *ôtez l'eau !*

Le more de Venise,
Etc., etc.

REPRISE.

LE PUNCH. Bravo! bravo!... décidément, j'aime beaucoup la tragédie... Mais, pardon, voilà mon congé expiré, je retourne à Londres...

LE CHARIVARI. Pas avant d'avoir fait tes adieux...

LE PUNCH. C'est juste!... d'autant plus que je n'ai pas entendu la ronde de rigueur.

LE CHARIVARI. Tu vas l'entendre!... voilà la chose...

Changement.

DOUZIÈME TABLEAU

SCÈNE UNIQUE

TOUS LES PERSONNAGES DE LA PIÈCE.

RONDE.

AIR *inédit de Paul Henrion*.

LE CHARIVARI.

On n'aime pas la franchise en ce monde,
Et cependant le franc parler plairait;
Tout irait mieux si, comme notre ronde,
Sans rien cacher bravement l'on disait :

CHŒUR.

Gai! gai! gai! (*bis*) voilà, voilà, la chose,
Bon! bon! bon! (*bis*) voilà, voilà, c' que c'est,
Vérité, vérité, on te craint et pour cause,
Tant pis pour ceux qui redoutent le vrai.

LE PUNCH.

Des souvenirs du printemps je suis aise,
Bois de Bagneux, rives de Bougival,
Combien de fois ai-je cueilli la fraise,
Et maintenant, les fraises me font mal.

CHŒUR.

Gai! gai! gai! (*bis*) voilà, voilà, la chose,
Bon! bon! bon! (*bis*) voilà, voilà, c' que c'est.
Quand viennent les beaux jours je respire la rose;
Heureux le temps où ma main la cueillait.

LE PUNCH.

Notre système est fait pour mettre à l'aise.

LE CHARIVARI.

Et vous pouvez dire la vérité.

LE PUNCH.

Mais si [illegible]tant la pièce était mauvaise.

LE CHARIVARI.

Chut! les [illegible]teurs sont là tout à côté...
Est-ce bon ou mauvais? décidez, moi je n'ose.
Montrez-vous indulgents, et dites s'il vous plaît,
Pan! pan! pan! (*bis*) voilà, voilà, la chose,
Pan! pan! pan! (*bis*) voilà, voilà, c' que c'est.

CHŒUR.

Pan! pan! pan! etc. etc.

FIN

LAGNY. — Typographie de A. VARIGAULT

www.ingramcontent.com/pod-product-compliance
Ingram Content Group UK Ltd.
Pitfield, Milton Keynes, MK11 3LW, UK
UKHW020226180726
13838UKWH00005B/2219

9 782329 431222